与生共渡

一个教师的十年

夕子 著

上海社会科学院出版社

作为知识与灵魂的撑渡人,教师只要深谙:
渡人亦自渡、育人即育己,
你就一定会迷恋教书这件事。

前　言

教学的迷人之处永远在你与学生的精神互动之中。

如果你首先打开自己的内心世界，呈现全部的人格，那么，自然而然地，年轻而热忱的他们亦会敞开自我。他们本就渴求被聆听、了解和接纳。于是，在同一个时空里，你们拥抱彼此的真实，翩然共舞。

当你不由自主地走下讲台，穿梭于他们之中时，你已置身于一个妙不可言的世界。你频繁地检索着自己的知识储备，释放出相关的积累；他们则有时蹙眉，有时抿嘴，有时举手，有时低头。

当铃声响起，伴随着那句"我们下期再会"，你像新闻联播的主持人那样，收拾着讲台上散乱的物品。但你故意放慢速度，因为也在清理心绪。你走出教室，穿过走廊，意犹未尽。接下来的几日里，邮件纷至沓来，是关于那些在课堂上尚不够勇敢说出的见解与故事。你感到自己一直被余温包裹，直到下一周与他们再次相聚，交相辉映。

他们的见解与故事灿若星辰，不仅照耀了同辈群体，也洒落在我身上——一个常常会茫然四顾、不知所措的中年女人，一个常常把自己贬低到一无是处的悲观分子。确切地说，是他们让我有了崭新的自我认知，是他们教会了我如何去爱，并感召着我、疗愈着我。

我本只是河边的一个撑渡人啊，年复一年，将一批批学生从此岸送到对岸，从生命的一个渡口撑到另一个渡口。但在他们的灼热注视下，我亦得以无数次回望自我的灵魂，缝回折断的翅膀。撑渡的人，从此也有了自己想要到达的彼岸。这是一趟师生的共渡之旅。

如果你已站上讲台，或未来可能站上讲台，如果你也想体验到此间的默契与动人，请跟我来，走进这本书。

目录

1　自　序

11　第一章
初次见面，请多指教

28　第二章
一种为未来做狂热准备的教育
——你的迷茫不孤独

42　第三章
什么是好的教育
——请赋予你自己的定义

52　第四章
什么是爱
——你完全有能力重建内心

72　第五章
师爱的艺术
——让你有一千个拥抱生活的理由

91 第六章
作为流水线上的批量产品
——将自己回炉再造一次

105 第七章
学习是一种存在方式
——葆有好奇与敬畏之心

117 第八章
翩翩有风格的教学
——去找到所属领域的偶像

135 第九章
意义学习的达成
——坚信你的珍贵

148 第十章
且读且思且写
——过一种有深度的生活

167 第十一章
冬至共读
——桥本是育人即育己的典范

188 第十二章
一节畅谈课
——自由言说的力量

208 附录一 告别的话——致全班的信
212 附录二 心信相印——给老师的回信

216 后 记

自 序

至 2020 年 9 月，在一所坐落于江南古城的大学里，我正好入职十年。

这十年，我所教授的课程主要为："教学论""有效教学"与"课程与教学论"。三门课程均与"教学"相关。听课的学生涉及全校各专业的师范生、辅修教育学专业的本科生、各学科教学方向的教育硕士等等。

出于写作的便利，我假设他们在同一个时间段，即每个周一的第一、二节课，坐在同一个阶梯教室里，我们面对面地开启一个个关于"教学"的专题。虽然阶梯教室远非一个理想的空间，势必更能压抑年轻人业已式微的交流和沟通意愿，但这确是我每学期都会面对的现实。一个学生曾来信："如果你来到的教室，有高大而古典的窗户，墙上有画作，原木色课桌能灵活地围成一圈，你坐我们之中，温雅清明如常，相信大家还会擦出更多火花。"她附上的照片（如下页），正是我所向往的教室的模样。

这本书的起心动念，始于 2020 年秋冬学期的课程结束之际，写下来的信念是如此强烈。因为，我足足有一个星期没能从最后那次课的心绪里走出来，怅然若失着。如果最后那次课，时间能长一点就好了，长到足以让他们全部发声。

我不得不在最后的五分钟里，仓促地送出想了许久的祝福，在掌声中草草画上一个句点。

下课铃声响过后，我低头一看，讲台上多了一个印着兔子图案的长条信封。那是一封手写的长信，三页工整的楷书。开篇写道："如果没有记错的话，这应该是我长这么大第二次写信（第一次是给前男友）……我想和你讲讲上了您的课之后我的改变，我觉得如果自己是一名教师，应该会很乐意知道这些。"如她所言，我很乐意。

将信封小心翼翼地放入书包里一个独立的拉链口袋，缓缓收拾讲台上的翻页器、保温杯、花名册、文具袋等物品，再将粉笔盒摆放整齐，随后我走出了教室。几位女生在走廊上等候，围拥过来，轮流将一颗颗颜色不一的糖果，放到我的掌心。有的是牛轧奶芙，有的是水果软糖，有的是巧克力曲奇。她们察觉到了一种伤感，递来一颗颗甜蜜的安慰。两位女生追上我，递上新年贺卡。其中一张粘着我的肖像，是她手绘的，画的一侧写着：

亲爱的彭老师：常说老师的职责是"教书育人"，太多老师却只重"教书"而忽视"育人"，在您的课堂上，我真切地感受到了两者的统一，如沐春风。您是我的理想与方向。感谢您给予的帮助与交流。愿您生活明朗，万物可爱。

另一张卡片上则写着：

亲爱的彭老师：早晨起来，宿舍楼下阿姨在分粥，在前几个拿到便觉得很欢喜。外面的风声听着寒冷，手中的粥却是温暖的。这是紧张的考试周中微小的幸福，却有着让我安心的力量。"抽去繁华心，俯身琐细事。"您的课更像是许多细小的幸福堆积在一起，总有着温柔的力量。祝老师生活愉快。

另有两位女生陪我一起走下四楼，一直送到教学楼前的小广场上，与我拥抱道别。

他们都有情有义。那一刹那，我希望自己的手臂足够长，张开后可以拥抱住他们所有人。我们之间，本应该有一个更盛大的告别。

十年来，我第一次不愿意课程就此结束。就像寻寻觅觅了十年，终于邂逅了那个最适合的人，陷入了一场深沉爱恋。而在随后的一周内，邮件如雪片般飞来，信里是未有机会说出的悸动、回味与思念。这是我们之间持续了一学期的心电感应。写信的几乎都是女生（有关教育的专业，绝大多数是女生），但有两三个腼腆的男生竟也写来长短不一的信。

我每天回复三至四封，一直持续到寒假来临，方觉尽兴。幸有他们的来信，让我知晓这并非一场自作多情的"单恋"，让我寻着了机会释放那些无处安放的心绪。如果几年之后，他们在大街上偶遇我，怎么也想不起我的名字，也没关系。至少在这半年里，我们每周准点赴约，我确定爱过他们，他们也爱过我，足矣。

所谓"教学有法，教无定法，贵在得法"，在跌跌撞撞的前行路上，我似乎找到了那个适合自己的法子。过往的那些路，亦没有白走，都是序曲和积淀。正因这些年来对教学内容掌握得愈来愈纯熟、宽广和深入，使我得以在课堂上抛开指定的教材和预设的教学计划，得以根据学生的回应随时修正教学的航向，得以全身心拥抱那些瞬息万变的思想情境、那些扑面而来的灵感火花。我开始忘却对下课铃声的期待，将目光落在具体而非抽象的学生身上，从教"课"转向教"学生"。

我不仅学会了不再目中无人，亦学会了在沉默中怡然自处。在小学上课时，总有小手高高举起，甚至有心急的小朋友会冲到讲台上。而在大学的课堂上，当你抛出问题，迎接你的常是岩石般的沉默。当你想到刚刚还笑语喧哗的课间，更会怀疑自己的提问是否值得诸尊开启金口。但你要沉得住气，认定学生都好学善思，他们正冥思苦想。如果你屡次通过发表自己的看法来终结沉默，他们也就不会在沉默中爆发了。

我还学会了减少自己的话语量。曾经我因为从头讲到尾，保温杯几乎不离手，但即便喝水不停，下了课，我仍是口干舌燥。真的要面面俱到吗？是不是围绕几个核心知识点就可以了？是不是又炫耀了自己那点所谓的学识与阅历？是不是想展现自己备课有多充分？自己多么有才情？在一次次课后的懊恼中，我渐渐修炼出了一种忍耐的功夫，把到了嘴边的话咽下去，变成听他们讲话，与他们对话。

我想要将这段经历写下来，顺着心中的触动，诚恳而安静地写下来。为什么不呢？关于中小学的师生之间，留下了很多真实的记录：有些是教师写的，如《薛瑞萍班级日志系列》《第56号教室的奇迹》；也有学生写的，如《窗边的小豆豆》《全世界都想上的课》。为何大学的师生们鲜少有如此去记录的呢？没有必要吗？原因之一，是如今的大学重科研、轻教学，老师们都在潜心耕耘学术课题，写作论文。而且有关教学的书（除非教材）写出来，在职称晋升中根本用不上，有关部门只认学术论著。由此，也就少有老师留出"闲情逸致"去写一本关于师生、关于教学的书籍了。

这一现象，在西方的大学里毫无二致。在常春藤盟校待了二十多年的教授威廉·德雷谢维奇（William Deresiewicz）在《优秀的绵羊》中如此写道：

> 教得好需要时间；挑战学生的能力需要时间，因为你需要布置作业并花更多的时间给予回馈；关心学生需要时间，因为你得愿意花时间跟他们交流，这并不只限于学习方面，也不仅限7分钟的对话时间。学会带领学生讨论，学会向学生提问，学会如何让学生专心听讲，都需要时间……
>
> 在顶级的大学里，重视教学的教授不仅仅会被轻视，而且他做学术研究的态度也会受到怀疑，因为花在教学上的每一分钟意味着牺牲了学术研究的时间。正如卡内基教学促进

基金会副会长厄恩斯特·博伊尔（Ernest Boyer）所言："赢得'最佳教学奖'对将来申请终身教授职位是具有严重打击性的。"①

另一个原因，大学的师生关系是偏于松散与放任的。一周才见上一次，上完课就基本失联，很多学生听了一学期的课并不记得老师的姓名。何况，来了的人，心又未必带来。几年前，有一次课开始时，我问学生："上次课讲到哪里了？我忘了做标记，只得求助于你们。"全班竟无一人能想起。我无奈地自我解嘲道："这让我想起两句诗。一是泰戈尔的那句'天空中没有留下翅膀的痕迹，但我已经飞过'。我在教室这片窄小的上空已飞过，但在你们那里，却没有留下任何痕迹。二是明代的洪自诚在《菜根谭》中的那句'风来疏竹，风过而竹不留声；雁渡寒潭，雁去而潭不留影'。"

课后我做了检讨。原因不在学生，还是自己的教学魅力不够，没能让他们记得。你看雷海宗教授上课的情形（来自汪曾祺先生《跑警报》一文）：

西南联大有一位历史系的教授，——听说是雷海宗先生，他开的一门课因为讲授多年，已经背得很熟，上课前无需准备；下课了，讲到哪里算哪里，他自己也不记得。每回上课，都要先问学生："我上次讲到哪里了？"然后就滔滔不绝地接着讲下去。班上有个女同学，笔记记得最详细，一

---

① ［美］威廉·德雷谢维奇：《优秀的绵羊》，林杰译，九州出版社，2016年，第168页。

句不落。雷先生有一次问她:"我上一课最后说的是什么?"这位女同学打开笔记来,看了看,说:"你上次最后说:'现在已经有空袭警报,我们下课。'"[1]

汪老以此说明昆明警报之多,而我看到的是师生的投入。当今大学松散的师生关系,意味着师生之间很难建立起某种情感连接,也就缺乏写相关书籍的情感动力。这点不像中小学,师生几乎每天都见面,朝夕相处,一处就是好几年;课外活动也丰富,彼此接触频繁,了解颇多。

而我写下这本书,正是因为难得地感受到了某种情感的冲击。美国教师金·比尔登在《学生教我做老师》一书中写道:

在这些年中,我很荣幸地教过 2 000 多名学生。每个孩子都教会我一些事情,他们让我了解我自己、认识这个世界,也让我明白,大家都拥有充足的爱、坚忍以及感恩之情。我初任教师时,曾天真地以为自己才是那个传道、授业的人,我根本不知道,在我的生命中,这些神奇的孩子教给我的,远比我想学的要多。[2]

我不禁伸出右手,与地球另一端的比尔登隔空握了下手。粗略一算,这十年,我教过的学生也是 2 000 多名。他们所教会我的,同样远比我教给他们的多。

---

[1] 汪曾祺:《人间草木》,民主与建设出版社,2023 年,第 95 页。
[2] [美]金·比尔登:《学生教我做老师:罗恩·克拉克学校的成功秘密》,王小庆译,教育科学出版社,2016 年,第 3 页。

读完整本书，你会发现，学生们才是真正的主角。他们本应该就是课堂的主角。一个学生说："舍友问我：'你希望在大学遇到一个怎样的老师？'我回答：'希望遇到一个让我自愿为他举手的老师。'"当总坐在最后一两排的学生也开始有了坐到前面两排来的愿望，当他们不再束手旁观，当他们自愿举手、决定参与到课程的生成之中，你便成功了一大半。将他们一个一个推到课堂中的 C 位（中心），这是我的工作职责。

我希望他们保持思考，不会轻易被某一个思想收编，我很少告诉他们这就是答案，而是让他们自己试着去做出某种解答。教育学领域的很多问题本来就没有标准答案。我提供一个可以各抒己见、兼收并蓄的场域，并将课堂话语权交到他们手中。试想，课后作业他们可以在网络上检索而完成，期末考试他们大多靠的是背诵，那么在这个数字时代，课堂可能是唯一能让他们去思考点什么的阵地了。这一阵地，依赖于教师的坚守。

我希望他们将自身的经历带入课堂中来。这一点意味着要让他们在课堂中拥有安全感。一个学生告诉我，他们害怕的不是老师会如何看待自己的观点，而是顾虑自己的发言会遭到同班同学的笑话。但如果有几位学生率先勇敢起来，既没有受到老师的驳斥，也未受到同学们的嘲讽，甚至还迎来了掌声，就会有更多的学生站起来。我感谢他们在课堂中的坦诚，他们有的曾经是村庄里的留守儿童，有的是单亲家庭的孩子，有的曾是令人头疼的网瘾少年，还有的是复读几次才考入大学，他们勇敢地袒露曾贴在自己身上的标签。有些学生回忆起曾公开羞辱过自己的某些老师，咬牙切齿，泣不成声，他们说：那些老师代表他们年少时期胆小懦弱、瑟瑟发抖的失败与自卑；有些学生猛一提到某个老师便即刻止住，不愿再说半字，他们说：那些回忆本是用铁链拴着封印贴着的，怎能从记忆里放出来；而他们能如数家珍的那些老师，则如照亮黑暗的亮光，温润了他们曾被繁重学业压得透不过气的青春年少，他们怀念并感激，以这部分老师为榜样。

除了课堂发言，我建议他们每周都写两百字左右的听后感。这篇小东西，可以是与教学内容有关的任何质疑、联想或见解。读完整本书，你会发现，最予人启示的，不是我的讲解，而是他们的回应。很多部分，我不禁将他们的听后感或发言原封不动地放入书中，就是因为他们比我说得要精彩。这些"后浪"们，有他们这一代人的爱与恨、痛与怕，他们富有个性、大方、善良、正气，亦迷惘、孤独、敏感而脆弱。我始终对他们充满无限信心。无疑，未来属于他们。在本书中，出于隐私保护，我隐去了不少学生的名字。

为了让本书通俗易懂、面向更多的读者群体，我省略了很多专业理论，例如向学生引介的某些概念、理论和图表。这些在专业教材中都可以找到，互联网上也能查到。很明显，此书不是一本教材。我从爱因斯坦那儿学到了这一点。据说，爱因斯坦在1921年获得诺贝尔物理学奖后首次到美国访问，有记者问他声音的速度是多少，爱因斯坦拒绝回答，他说："你可以在任何一本物理书中查到答案。"他接着说了那句被广为引用的话："大学教育的价值不在于记住很多事实，而是训练大脑会思考。"我所记录的，正是我们的思考，而不是列出"声音的速度是多少"。

你会发现，每一周的课都有一个开场白，三到五分钟不等。有些做了准备,大多是即兴的,并且与授课内容关系不大,比如关乎气候、节日、时令、刚看过的一部电影、正在读的一本书、一封学生的来信、一则教育新闻等等。这是我与他们打招呼的方式。一堂课的开头应该舍得拿出几分钟来打这样一个招呼吧?这代表我们面对的是活生生的,有情感、情绪的人,而不是一屋子的学习机器。

如果不是把他们当成机器而是当成人,并且还是每周都会碰到的熟人(像中小学的主课老师几乎每天都会见到学生),那见了面总得先寒暄几句,才是一个正常人的样子。"寒暄"这个词造得形象,"寒"是"冷","暄"是"暖"的意思,合起来,就是见了面先聊几句天气的冷暖,再转入正题。教学不仅是知识的授受,也是人与人之间的交往。交往,就有交往的礼数。

书中每一章的最后,我都摘选了一封学生来信。学生的信件伴随着整个学期的始终。当我时常将上课的着装也不厌其烦地记录在册时,请别惊讶。我确实是带着一种赴约的郑重心情。让台上的自己,整体画面干净清新,在我看来,是敬业的一种表现。

囿于篇幅,我在原书基础上删减了五万字,原本每周的内容都是独立的一章,这样下来至少有十六章,如今只留有十二章。我想说的话,比这更多。那就留到下一本书吧。

一周又一周,从不曾与他们失约。时间无言流淌,涓涓细流就这样汇成了一本书。

一本用了十年才得以写就的书。一本关于我和我的学生们的书。

请听,那是我们的生命在歌唱,在对唱。

第一章　初次见面，请多指教

开 场 白

亲爱的女孩们、男孩们：

早上好。在这个带着些许凉意的早晨，我们见面了。你们不再是花名册上的一列学号，我也不再仅是选课系统里的那个名字。

欢迎诸位的到来。初次见面，请多指教。

刚才在一楼拐角处，见两位女生在落地窗前一起站定，其中一个说："外面好美呀。"窗外郁郁葱葱，阳光倾泻而下。我跟着她俩沿楼梯而上，穿过走廊，才知我们都在寻找走廊尽头的同一间教室。

"你站在桥上看风景，看风景的人在楼上看你。"在你们驻足感叹之时，你们就是我眼中的风景。此刻，台下的你们，都是我眼中的风景。看到你们，就像看到了二十年前的自己，足够年轻，也足够迷惘。那时的我，因听力成绩的几分之差与英语系失之交臂，被调剂到了教育系，一个在上大学之前一无所知的专业。半个多世纪以前，钱锺书先生在《围城》中写道："在大学里，理科学生瞧不起文科学生，外国语文系学生瞧不起中国文学系学生，中国文学系学生瞧不起哲学系学生，哲学系学生瞧不起社会学系学生，社会学系学生瞧不起教育系学生，教育系学生没有谁可以给他们瞧不起了，只能瞧不起本系的先生。"① 好在我是本科快毕业时才读到这本书。

在郁郁寡欢了一段时间后，在"既来之，则安之"的智慧的宽慰下，我接受了这个专业，并且从此都没有与它分开过。博士毕业那年，我不过是从北方一所大学的教育学院来到了南方这所大学的教育学院。

算起来，从我四岁上幼儿园开始，就再也没有离开过一个称作"学校"的地方。美国学者古德莱德（John Goodlad）写了一本教育理论书籍，书名就叫《一个称作学校的地方》（*A Place Called School*）。我慷慨地将自己人生中最好的年华都献给了这个地方。即便不是像我这样毕业后在学校任教，又有多少人不是在学校度过了自己最宝贵的幼年、少年和青年早期呢？在座的你们，都是资深学生。所以，我们要待如此久长的地方——学校，倘若乏善可陈，那将是多少生命时光的浪费。

学校该是一个给我们带来无数乐趣的地方，一个令我们的智识和精神都拔节生长的地方，一个让我们毕业后仍愿回去探望一番的地方。如何让学校成为这样的地方？好的学校，必然离不开好的教师、好的师生关系和好的教学。这正是整个这门课程要探讨的内容。

而我们要开启的第一个问题是"教育是什么？"——作为教育学的逻辑起点，一个教师对这个问题作出何种解答，

---

① 钱锺书：《围城》，人民文学出版社，2017年，第76页。

将直接影响他对教学的态度。这个貌似简单的问题，至今仍然没有标准答案，或许永远也不会有答案。因此，一代又一代的探索，也让它变成一个丰富的命题。就让我们为这样一个古老的命题再注入新的思索吧。

一

2020年的9月7日，新学期的星期一，有课的日子。

昨晚，我打印出学生名单，念不准的字都查了字典。例如，"奭"音shì，指"盛大的样子"；"芃"音péng，指"植物茂盛的样子"；"彧"音yù，指"有文采"。名字里盛着父母的美意。我饶有兴致地一个个浏览下去，"飘雪""雨桐""紫嫣""轶轩"……像是从唯美的网络小说中走出来的男女主角。

有些名字，你若有一天和学生聊起，会听到更多的故事。例如，有个女孩名为"佳贝"，她说，出生那年，温家宝成为国务院总理，父母从"家宝"中获得灵感而得"家贝"，亦与"加倍"谐音，祈愿她能加倍幸福、加倍努力。

棉质白衬衫，白色过膝长裙，米色低跟凉鞋。每当我在衣柜前徘徊不定时，就会选择白色。台下的他们正当校园民谣中"那白衣飘飘的年代"，一袭白色是否会与之更靠近一点点呢？我将披肩长发绑成一束低马尾，以便显得利落一些。

我提前二十几分钟到了教室，是从后门进入的。想到时间尚早，我没有径直走上讲台，而是在第三排先坐了下来。坐在台下，托腮看着黑板，觉得做学生可真安适，不用像此刻的我这样反复琢磨着此次课该如何开始、如何向前，又如何结束。想到帕尔默写下的:"我独自站在教室前面,孤立无助,软弱可欺,可学生却低头于书本之后,混迹于群体之中,这种默默无闻的安全,着实令人嫉妒。"[1]

"看这门课的名称,不会又是一门令人打瞌睡的课程吧?"我猜旁边的男生在暗自思忖,也可能在祈祷。一个女生翻看着这门课的教材,皱了皱眉头,我猜是赞科夫、瓦·根舍因、巴班斯基、罗杰斯这类名字令她顿感无趣吧。

于我,周边的面孔是陌生的。他们看着我也是陌生。当我与他们的眼神对视时,他们不知该以何种表情来回应我,有些会很快躲开我的眼神。但我知道,再过两三周,我们就会熟识起来,待到那时,当我朝他们抿嘴一笑,他们也会朝我很好看地笑笑;当我走进教室时,他们会抬起头,或许心里会说:"哦,彭老师,她来了。"而我也会环顾教室,心里会说:"哦,那是柯天天、许婷婷,坐在窗口的那是王紫晗,他们都来了。"

离上课只剩十分钟的时候,我走上前方那块高出来的小地盘,熟练地打开多媒体设备,将课件拷贝至桌面。接着,播放了一首纯音乐 Morning(《早晨》)。当音乐在整个教室响起,他们的神色都带点惊疑。实际上,课前和课间放音乐,是我的教学惯例。有时也会播放歌曲,但比较少,因与他们的年龄差,我担心被嫌弃。有次路过一家 KTV,听到里边有人在歇斯底里地唱着"我早已为你种下/九百九十九朵玫瑰",我忍俊不禁,因已猜出他的年龄。去年的学期结束

---

[1] [美]帕克·帕尔默:《教学勇气·漫步教师心灵:20 周年纪念版》,方彤译,华东师范大学出版社,2019 年,第 81 页。

时,有男生在信中说:"不得不说,今年课前的音乐别具一格,令人享受。"好音乐就是用来享受的,如同那些好的书籍与电影。如果音乐能成为他们喜欢一门课的理由之一,那我就应继续坚持这一惯例。在"爱"的含义中,一味地取悦固然不当,但必然得包含愿意去取悦的心思与行动。

八点整,当铃声响起,我发现自己并未准备好。当然,即便你已做好充分而精心的准备,也依然要向着未知开放。

尽管已从教十年,但只要走上讲台,我仍是紧张的。在开始执教的前几年,上课头一天晚上我还会做些焦灸万分的梦,例如,明明教学楼就在前方几步远的地方,双腿却虚弱无力,无法挪动,急得呼喊求助,嗓子却怎么也发不出声音……因此,一个晚上都睡得不安稳。第二天清晨还得尽早出发,以避免遇上交通拥堵而插翅难飞的窘境。

刚上讲台的头两年里,常常用了三四天准备的内容,不到两节课就哗啦哗啦全倒完了,剩下一节课竟不知如何打发。内容过多、讲得太快,实际上还是因紧张的缘故,我光顾着完成自己的教学任务,只见到台下的整片"黑森林"而未看到具体的"树木"。这几年虽从容了一些,但只要站到台上,面对着一双双眼睛,还是免不了紧张。有时下了课,人已出教室,心仍是绷紧的。

紧张中夹杂着兴奋感——我很珍惜这种情绪,并希望自己能一直守护好它,直到离开讲台的那一天。它意味着自己还没有来到职业的倦怠期,仍保留着当初的某些激情。这种情绪,一部分来自新人,每年都会迎接新鲜的面孔,他们是永远的十八岁;一部分来自新内容,新读到的一批书、新看的某个电影、新参加的一场学术会议或是刚出台的一个新的教育举措、一则与教育相关的新闻等等，这些都会让我增补新的视角、观点或依据。学科本身在发展，时代在剧烈变革，学生亦今非昔比。我随着年岁与阅历的增长，身心也都在变化。

最大的变化莫过于上天将另一个重大的角色恩赐于我。在这个世间，我不再仅仅是一个教师、女儿和太太，我还成了一名母亲。我不再是早期的那个象牙塔内纯粹的教育研究者。我的手头跑来了一个活蹦乱跳的所谓"个案"，让我每天都置身于真实的教育问题和教育情境之中。作为母亲，你会比谁都更希望他健康快乐地长大。

每到星期五，就到了他最欢悦的日子，有时甚至央求我买一个蛋糕以示庆贺，说是"要打造一个天堂般的星期五"。周五放学后，他会玩个畅快，很晚都不舍得睡去，觉得睡觉是一种浪费。我在旁边看着，心如明镜：此时的他有多么自在和放松，就代表他在学校有多么难熬和拘谨。

为何我们的学校不能成为像巴学园那样富有吸引力的地方？小豆豆放了学不舍得离开学校，到了家就不停地叨叨着学校里发生的各种惊喜，清晨一睁眼就催着妈妈做早餐急着要赶去学校，毕了业便常常想回去看看。巴学园开运动会的日子还成为他们成年后每年聚会的日子。

我仍记得，有次放学路上，家中的小学生快步走着："我刚刚看到备忘录上有那么多作业，感觉生命到了最后一刻。"我心底一惊。回到家，当他扑向那些作业，急躁时在房间里叫嚣："是谁发明了纸？是谁发明了笔？他们都是罪犯。"当他捶打数学教材时，我忍不住开口："对于数学家前辈辛苦发现出来的这些知识，我们应该很敬重才对。"他瞬即反驳:"敬重?这些知识就是用来出题的,用来控制时间、剥夺自由的。他们都是大坏蛋!"

为何孩子们对知识没有发自内心的敬畏和热爱?他们与生俱来的好奇心,遗落在了哪儿?又如何找回?

当你在早晨手忙脚乱地把自己的孩子送到小学门口,再站到大学讲台上来谈论教育这件事时,会有很多不一样的思维触须伸过来。

二

开场白后,还有一个例常的自我介绍。我打算换一种方式。我问:"关于台上的这个人,你们有什么想了解的?请提十个问题。这些问题的答案即是我的自我介绍。"一是因为厌烦作一种既不鲜活也不立体的单向的自我介绍,二是好奇他们对于一个陌生的老师会关注什么,同时让他们的大脑运作起来。若让学生在课堂中养成提问的好习惯,不妨从此刻开始。

一开始,他们有点愕然。教室里安静得令人尴尬。

"这门课的成绩由哪几块组成?各占多少比例?"第一个问题抛过来了。"你的问题是关于这门课,不是关于'我'这个人。关于考核方式及评定方法,我后面会谈到。请耐心等待。"我答。提问,总得围绕主题。有些学生还真得学习如何提问。

"你有没有什么传奇的经历?"第二个问题来了。我答,从小到大都是一个胆小之人,没干过什么离奇的事。显然第一个真正的问题的答案就让他们失望了。

"家庭教育对你的影响是什么?""你最喜爱的季节是哪个?""你在闲暇时间都会干什么?"他们想要了解我的家庭、性格和爱好,气氛渐渐活泛。

"您吃火锅时最爱配什么风味的底料?听说湖南位居中国吃辣排行榜第一,想必您应该也具备吃辣的能力。"在我无意中提到自己的籍贯后,一个女生问。

"你平常看一些什么书?"一个男生问。心底赞了一句:这男生还挺看重"内涵"的。

"我们正经一些还是欢快一些好?请问您最喜欢哪种课堂气氛?"这是来自上帝的亲切之问,让人有一种被"取悦"感。若说顾客就是上帝,那么学生就是我的上帝。这就像上帝很亲民地问:"你想要什么样的上帝,严肃的还是活泼的?"

有几个学生在窃笑,我听到有人好像在低低地说"婚否"。"你的婚姻状态是?"一个女生清楚地问了一句。看来没有听错。"抱歉,可能有点冒犯。"她迅疾补充道。

这样的自我介绍,比以前有意思多了。那就继续尝试教学惯例的改变吧。"关于这门课,也请你们提十个问题。"他们陆续举手。这门课的指定教材、教学内容、学时分配、作业要求等事宜,我一一作答。他们所问的,必然是他们最关心的,也就会听得认真,无须你拍讲台或敲黑板。我将"必读书目"顺势布置下来,指出每一次课将与哪几本书目关联,以方便他们从学期之初就进入同步阅读。即便他们全然没有自己的观点,那么,来自书籍的触发,将有助于他们加入每次的讨论中。

条条框框的环节结束后,我打开课件,与他们分享了自己的两个教学信条。

第一个来自吴宓先生。20世纪30年代,他在清华大学开设了一门题为"文学与人生"的课程。其教案上列出的第一条课程目标是:"以我一生之所长给予学生——即从我所读过的书及所听所闻者;我曾思考过及感觉过者;从我的直接与间接生活经验得来者。"①

由此,我着手准备每个专题时,也都会考虑:这个专题里最精华的内容是什么?我须得调动自己读本科以来就在这个专业里摸爬打滚而积累起来的知识,来确定每个专题里最耐人寻思的要点。我常觉得自己的内存远远不够。或者说,教学本就是一门你永远都不会嫌弃自己的内存过满的艺术。你只会恨不得自己的脑袋能是一个缩微图书馆,能与百度连接,能随时检索到中英文数据库。

这也是我为什么觉得自己最多勉强胜任两门课的原因,因为知识储备太有限。就我脑中的那点储备,一门课程几乎就消耗殆尽,再排一门课就免不了旧话重提。

第二个来自叶澜先生。"教师在学生面前呈现的是其全部的人格,而不只是'专业'。……教师从事的是育人的事业,作为教师,首先要自己像人一样地活着,他才能对别人产生影响,一种使其成为人的影响。自己活得像个人,并不是说像一个圣人,而是说你很真实、很努力、有信仰,你在为这个信仰践行。……人格,在我看来最根本的就是一个真诚。真诚是人格魅力的基础。"

---

① 吴宓:《文学与人生》,王岷源译,清华大学出版社,1993年,第10页。

"真诚"二字,在我看来,就是在学生面前保持一种真挚、诚实,不虚伪,不夸夸其谈的状态。就像特级教师吴非所言:"把你的爱,你的悲伤和失望,甚至你的恨,都真实地袒露在学生面前吧。"[1] 教师首先是一个凡人,就像一个学生写下的:"我妈妈就是一位老师,我从小就'混迹'于让普通同学很畏惧的办公室,同学们眼中的张老师、王老师,在我眼里就是张叔叔、王阿姨,他们也会追剧、喝茶、煲养生粥,也会烦恼一整天的柴米油盐酱醋茶。"

我很难想象,一个教师上了半年的课,却从未在学生面前透露自己过往的任何生活经历。那意味着,这些知识从未与他自身发生过任何连接,那又如何被学生内化?威廉·德雷谢维奇如是说:

作为一名教师,教学方法可以变化多样,但个人的教学能力最终来源于每个人的生活经历。评论家莱斯利·福利尔德(Leslie Frielder)感言:"教师,非领域专家也。他并非在教授一门课,而是在分享他的人生。他能够化腐朽为神奇。教学就是一种艺术。"在求学的时候,我逐渐归纳出如何判断老师教学质量的一个规律。如果某位教授从来不透露一些与个人相关的信息,比如自己的孩子或者同事的趣闻轶事,那么我敢断定,从他身上将学不到太多的东西。我并不是要求老师交代一切,而是希望教师让学生感受到他的真实和存在。[2]

---

[1] 吴非:《致青年教师》,教育科学出版社,2010 年,第 5 页。
[2] [美]威廉·德雷谢维奇:《优秀的绵羊》,林杰译,九州出版社,2016 年,第 165 页。

叶澜先生所说的教师"像人一样地活着",既然是人,就该说人话,不是在学生面前卖弄自己的才华,不是贩卖某些佶屈聱牙的概念术语,让学生如堕入云里雾里,甚至连自己也"云深不知处"。尤其就我所授的这门课程而言,哪有什么晦涩、高深的大道理需要在学生面前故弄玄虚的。

对于像我这种记忆力不佳的人而言,在学生面前不得不"真",另有一个原因:马克·吐温所说的"永远说实话,这样你就不用去记你曾经说过些什么"。每次说真话,意味着不用担心前后版本不一。

在后来收到的听后感中,有个女生就提到叶澜先生的话让她很触动。她写道:"我常常觉得,人与人之间是有磁场的。一个内心开阔、神气清朗的老师,在他走进教室的那一刻,也将一种安定的力量带给了他的学生。每当我陷入负面情绪、被妄念缠身之时,我总是很喜欢去听我敬佩的老师上课。就那么远远地望着,老师身上那种镇定、专注、严谨、忘我的风度,就足以让我静下心来,掸去我脑中的灰尘。

当我回忆起所有的老师,他们教我的知识早已被忘得七零八落,但他们做事的态度、做人的风度,我却不曾淡忘。"

三

剩下的课堂时间,只够我与他们探讨"教育"二字的词源。先总是要追根溯源一番的,讲一个东西才是有始有终。

从"教"的甲骨文来看,这是一个会意字:一个成人手持鞭子/棍杖,督促儿童学习知识。这个字含义深远。我先举了两个例子，从鲁迅的《从百草园到三味书屋》中寿镜吾先生的戒尺，到都德的《最后一课》中韩麦尔先生的大铁戒尺。在鲁迅的听闻里，寿镜吾先生"是本城中极方正、质朴、博学的人"；他有一条戒尺，"但是不常用，也有罚跪的规则，但也不常用，普通总不过瞪几眼"。这也是鲁迅的父母在择师时看重的——"在给孩子们挑选老师时，我们规定了两条：第一，学问好，为人正直；第二，不打孩子。因为打骂中长大的孩子，好的不多。"

读到这里，你也许会质疑：在一门教育学的课程中，你为什么会引用文学作品呢？但又有什么不可以的呢？只要能促进教学。在这一点上，我受到过一些同道中人的鼓励。例如，美国伯克利大学的一个经验丰富的历史教授，课前会让学生读文学作品。关于"中世纪的诺福克"，他让学生们读了尼日利亚当代作家奇诺瓦的作品；在讲"中世纪的英格兰"时，他以一篇弗吉尼亚·伍尔夫的小说开头，因为伍尔夫提供的思考方式予人启发。他的课广受欢迎。

我问学生们是否领教过教鞭的威力。一个学生说："小学一年级时，开学第一件事就是每个学生做一根教鞭，老师对长短粗细做了规定，并且说要洋槐木的，因为这种木头韧性强、结实，不容易断。梦魇开始了。教鞭除了用于讲授，主要就是揍学生。作业完不成，完成了但有错误，考试成绩不理想，生字没写上来，课文没有背会，老师心情不好时……挨揍成了家常便饭。我们整日处在'恐怖'气氛中。一个学期下来，全班的教鞭只剩下四根，折断教鞭是常有的事。"

"因一道计算题错了没有订正，数学老师用木尺子重重打了一下，手掌马上就肿了。"

当听着这群大孩子说着上述这些时，我以为只在我那个年代才发生的事，实际上直到今天仍有发生。也有学生说："英语老师上课喜欢带一根约三公分长的纸糊的棒，号称'凝神棒'，发现上课走神的同学，他会轻轻敲一下。"

"夏楚二物，收其威也"，教鞭可以用于示威，但也可以示爱。应了荀子所说的"运用在乎人"。

"教"字说罢，那"教育"二字的来历呢？"教"与"育"最先的合用据说出现于《孟子·尽心上》："得天下英才而教育之，三乐也。"那其他两乐呢？学生们齐摇头。"父母俱存，兄弟无故，一乐也；仰不愧于天，俯不怍于人，二乐也。"我接着说："得到天下优秀的人才加以培养，这是第三大快乐。我很荣幸，能拥有这种快乐。"

这句话，我没有半点恭维。能考进这所大学的他们，都是优秀的。作为一个人口大省，这里的教育竞争很激烈。学生们曾不止一次向我描述过苦读生活。有学生谈及紧张的作息："班主任就像管理军队一样管理整个班级。中午11点20分放学，11点45分必须到校，迟到半分钟都不行。我总是以百米冲刺的速度跑向租住的房子，陪读的母亲已掐着点备好了饭菜。生活中除了学习，好像其他一切都是多余的。"

有学生说到他那时的身心状态："到了高三，学习压力把一个人压得死死的，难以喘息，很多同学看起来都面如金纸，感觉整个人随时会倒下的样子。"

还有学生如此回忆："我的高三，如大多数人一样，每天只有刷不完的卷子、看不完的笔记、背不完的文学常识与史实。凌晨五点不用闹钟就准时惊醒,抓起面包胡乱塞到嘴里便拖着书包狂奔;晨跑时一遍遍嘶吼想去的大学;下课铃响后冲到办公室问问题;犯困时一杯接一杯喝咖啡。"

并不是说,考得好的孩子就优秀,单一的试卷形式有它无法考查出来的诸多方面。但是,他们这一路披荆斩棘,坚持不懈,不知克服了多少困难和诱惑,才能够走到这里,至少证明他们具备较好的智商、学习能力、心理素质、自律精神等,而这些也是可以迁移至以后的人生境遇里的。我打心眼里佩服和相信他们,不敢看轻任何一位学生。

四

接着,我将他们的目光引向西方。从西方的词源来看,"教育"在现代英语中是"education",起源于拉丁文"educare"。作为名词的"educare"从动词"educere"转换而来。"educere"由前缀"e"与词根"ducere"合成。"e"有"出"的意思,而"ducere"则为"引导",合起来就是"引出",意思是采用一定手段,把某种本来就潜藏于人身上的东西引导和激发出来,将潜质变成现实。

所以,教育是一场引导与激发。柏拉图说:"教育非它,乃心灵转向的艺术。"这是指教育不是别的,而是一种如何引导人的心灵发生转向的艺术。在他著名的"洞穴之喻"里,囚徒走出洞穴的过程被比喻成通过教育而获得真理的过程。这个促使人走出洞穴的力量就是教育的力量,是这种力量引导着人的心灵离开阴影世界。

柏拉图还说,"教育实际上并不像某些人在自己的职业中所宣称的那样。他们宣称,他们能把灵魂里原来没有的知识灌输到灵魂里去,好像他们能把视力放进瞎子的眼睛里去似的"。① 暂且不论这句话的科学性,但它昭示着教育从根本上而言,就是或者说只能是诱导的、启发的,而不是灌输的、注入的。教育的任务在于导引,在于点燃学生的求知欲、调动他们的思维,在于激发他们的好奇心、启迪他们的心智,在于唤醒他们的内在潜力。柏拉图因此也被誉为"西洋启发教育的始祖"。英国哲学家斯宾塞也坚持认为儿童"应该尽可能少地被传授,而尽可能多地被引导去发现"。

在我是一个中小学生时,语文老师教学的套路一般是这样的:老师在台上念着一篇课文的中心思想,比如"抨击了资产阶级的黑暗""歌颂了劳动人民的善良"之类,我们抄写在课文的标题之上;随后是将课文分成几大段,在段尾抄写老师所说的段落大意;然后是细微之处的讲解,比如朱自清先生为什么用这个词而没有用那个词,这个词好在哪里,再让我们抄下来。一学期下来,语文课本的边边角角都写满了字。当我们将教育更多地看作引导和激发时,教学就不应该是这样的。

这也是为什么当我们来讨论"教学"时,先要思考一个更大的问题——什么是教育。两者息息相关。

我说:"这当然是二十多年前的事了。相信大家要幸运一些,随着基础教育新课改的推进,想必新一代的你们都被改革的春风吹拂过。"一个角落里的学生站起来:"彭老师,

---

① [古希腊]柏拉图:《理想国》,张竹明译,译林出版社,2015年,第210页。

我和您所经历的是同一款语文老师。"另有几个学生也微笑着点头。

这么多年过去,变化为何没有发生?我瞥了一眼手表,以判断是否还来得及与他们讨论。只剩下两分钟了。不妨给他们留作思考题,下一次课再讨论。

"同学们,今天的课就到这里。下周见。"满堂掌声雷动。不过是因为新鲜吧,这毕竟是我们的第一次会面。不过是,每学期的前几周,师生的精神都相对振奋,都想给对方留下好印象。随后,课堂渐趋于平淡,待到最后三分之一时段(约最后6周),疲态尽显,颓势已成。

但三个月过后一个女生的来信,却让我也得知这次掌声的其他缘由:

关于初遇的心动。还记得那天早晨,第一次踏进文综楼,第一次坐在偌大的教室里,看见窗外阳光洒进来,树影摇动的感觉,也还记得第一次听到您的开场白"亲爱的女孩们、男孩们"。

都说新学期的第一节课总是听得最认真,我也不例外。第一次课,我早早地来到教室,坐在了第一排的中间,拿着新买的本子准备抄笔记,因为我以为老师会按照传统的方法跟着课本进行教学。没想到您却没有给我们讲述既有的死知识,当时我也不太了解您的上课风格。但当我上完了一节课后,我理解了您的教学更多是在系统知识讲解中,始终带着自己的理解和见解。您上课的风格,是我以前从来没有接触过的,但在您的课上我很享受。一方面是课堂内容不死板,另一方面也是因为课间音乐。

他们是讲究"感受"的一代人，作为他们的老师，固然不可一味迎合，但也不能置若罔闻。不过，如果我的课只是让他们很"享受"，说明过于舒适，这是不够的。如何才能做到兼顾？

一个叫黄晓雯的学生曾写道："学生会因为各种各样的原因讨厌一门课，却很难真心实意的爱上一门课。所以让学生爱上一门课，需要教师付出百倍的努力。"

撑渡的那个人，需付出百倍的努力。

学生来信

上完你的第一次课，很多同学都说：啊，彭老师，她是多么感性的人。但我喜欢你课堂中那些充满情感的话语，仿佛是一些亲切的暗号，并因此知道我曾与你走过同一本书中的花园小径，所以我格外欣喜。有时我坐在教室后面，远远望着你，一身白衣白裙的你，总让我想起童年记忆中绿梗白瓣的栀子花。希望你的存在，一直这样温柔、宜人、美丽。

郑同学，2020级学科教学（语文）专业

第二章　一种为未来做狂热准备的教育
——你的迷茫不孤独

开场白

亲爱的女孩们、男孩们：

早上好。我们是第二回见面了。俗话说"一回生，两回熟"，我与你们将成为熟人。希望你们之间亦是，并且能借由这门课收获新的友情。我知道你们都有自己偏好的常驻座位，第一、二排或最后三排，靠墙或倚窗，左或右……建议你们每次课都能改换座位，突破舒适区，试着和不认识的同学坐到一起，了解不同专业，结交新朋友。

几天前是教师节，这是未来的你们也会收到许多祝福的节日。为庆祝此次教师节，全国推选出了 12 名教书育人的楷模，其中一位热度最高，那就是来自云南省华坪县女子高级中学的教师张桂梅。

这是一个令人敬仰的女性。她翻山越岭，步行或是坐着拖拉机、摩托车，甚至骑马，坚持亲自去家访，假期的每一天几乎都在家访的山路上。她说："培养一个女孩，最少可以影响三代人。"几千名贫困女孩从她这儿走入了大学，阻断了贫困的代际传递。

人们说，她将山区孩子的生命摆渡到了更广阔的天地。但我想讲教师作为摆渡人角色的另一层意义：渡人即渡己。少年丧母、青年丧父、中年丧夫，后又罹患疾病，这样一个遭受命运接二连三打击的女性，何尝不是在帮助大山女孩的同时，也是在给自己打气和争气?！正是在这个过程中，她发现了那个坚韧的自己，找到了自我的价值。在她看来，她得到的比世上任何人都多。她说："我感到幸福极了。"

所以，我向来不欣赏"教师是蜡烛"这样的隐喻，其缺陷在于将教师的付出完全视为自我消耗和牺牲。"蜡炬成灰泪始干"的苦情形象，未能反映其燃烧过程中的另一层意旨：照亮自我，予自己光与热，亦吸收来自学生的光与热。一个好的教师，其在教育实践中体会到的一定不是全然的掏空与奉献，其中定有生命的丰盛与充盈。

待成为一名教师后，诸君一定要找寻到这种自我生命的充盈感——这是礼物。

一

九月十四日，九月第二周的星期一。我对好天气的界定是：有阳光，有微风，不冷不热，不干不湿，空气清新。今日的天气好。

经过小学教室时，听到一只"早起的鸟儿"的琅琅书声："第4课古诗三首……停车坐爱枫林晚，霜叶红于二月花。"心想：这首诗在教材中的编排还可以靠后，江南的秋天，离霜叶红还有两个月。

到了学院，先去光顾了信箱。有一封学生的信，教师节前放入的,来自去年教过的女生。"我是一个习惯默默喜欢的人,胆小又有些内向,在回忆的过程中我发现和您的专属回忆是最多的……在课堂上,您总是可以引出同学们的看法,我也可以在想要尝试的时候就举手回答问题,这在其他课上是极少数的……还有被您吸引的其他老师,每每来蹭课,总是可可爱爱的,也很让人难忘……"

"总是可以引出同学们的看法",我哪有这样的神力。一学期下来,总有些学生的嘴怎么也撬不开,不知其音色何如。一个学生曾说:"中学语文老师曾恨铁不成钢地形容我们是'躺在树下等枣子吃',因为我们总是不加思考地等着老师给出标准答案。"到了大学,仍是等枣子落下来,这怎么可以?我不过是想尽点力,让他们伸长手臂去够一够树上的枣子;如果够不着,一起想办法。

开场白后,我与他们延续上节课的思考题:"为什么这么多年以后,我们仍在经历同一款老师,或者说同样的教育呢?"一个学生说:"因为,我们现在的主流仍是一种应试教育体系。柏拉图所强调的引导也好,启发也罢,都是一种理想状态,都不如让学生直接记下来背出来高效,更容易获得高分。即便有老师锐意改革,也不过是戴着镣铐在跳舞。"

另一个学生表示认同前面的观点:"如果作为指挥棒的教育评价不变,教育的样貌就难以改变。如果校方和教师出于长远考虑来育人,让学生不仅仅成为做题家、考试机器,但是,如果考分没有提上去,家长会支持吗?今年江苏省的高考成绩公布后,因为南京某校的成绩没有达到预期,家长们冒雨拉横幅堵在校门口闹事。最后校方迫于舆论压力,不得不'认错',发布偏向应试教育的整改措施。"

还有一个学生则说:"整个社会都是焦虑的。我最近在辅导一个小学三年级生,她手头有九个课外班,有少儿编程、珠心算、学而思数学思维课、昂立英语课、书法等。我前不久读到一个词叫剧场效应,觉得很形象。本来大家都可以平心静气地坐着观赏,但是当前排观众都站起来,甚至还变本加厉地站到了椅子上,可以想象后排的观众不得不站得更高。"

学生们从国家、教师、家长的层面做了分享,这些思考可能与某条新闻相关,或是与个人的求学或家教的经历有关,甚至与读到的某个新词有关。这也是讨论之意义:带着不同的经历、观察与阅读的我们,在课堂中彼此启示与激发,增长识见,拓展思维的疆域。从教育社会学的视角来看,无论师生都携带了看不见的行李来到教室,里边装着我们的家庭状况、教育背景、社会阶层、性别、宗教信仰等,如果我们能将这件行李打开,让文化之间的差异发生交流与碰撞,那么,我们就收获了看待同一问题的不同层面与视角。

我甚至希望他们在讨论中能找到一种集体归属感,与一群人言说,与一群人成长,将大学过成"我们的大学",而不是"一个人的大学"。他们向我诉说过孤独。

一个学生曾写道:"大学是一个人的大学。我们要适应孤独,独自学习,身后再也没有一群人为你摇旗呐喊,没有人想在后面推你一把让你跑得更快。而高中时,我们从来都是结伴而行,有小伙伴一起讨论某道题,一起吃饭,一起捱过日日夜夜。于是我们开始疯狂想念高中的日子,发现真的回不去了之后，心里的某一部分开始陷入沉睡，不知何时醒来。有的人荒废了整个四年也没能挣扎着醒过来，有的人却幸运地中途醒悟，其醒来的过程却极其艰辛和痛苦，这需要杀死潜意识里多少个自我才能让真正的自我觉醒。醒不过来的人仿若行尸走肉，没有了灵魂，将自己的精力寄托在学习以外的事情上，以求能获得一丝丝慰藉。"

按他们的原话就是：自己上当了。以为从此脱去了老气的校服，告别了被学业填满的高中生活，将迎来真正的"解放"；上了大学才知，那不过是老师和父母为了让他们考上大学而用"花言巧语"构筑的一个乌托邦。

我观察到，有些学生独自背包从后门进来，默默坐在最后一排或靠墙的角落，不跟任何同学打招呼；课堂上从不主动发言，下课后独自离开教室，前往食堂或图书馆。一个人上课，一个人下课。最后，一个人毕业，一个人离校。我目送着他单薄的背影，很想知道：他除了修完该有的学分并得到了一个学位，是否也收获过纯真的友情，甚至是一份终生的友谊；是否与同学因一个抽象的概念而面红耳赤地激辩过；是否与同学在校园小径上侃侃而谈，来来回回无数圈，浑然不觉春已深；是否与舍友彻夜卧谈过，两手交叉枕在脑后，眼见着宿舍窗外的天色，从蒙蒙亮到透亮。

我希望他们能体验到，自己与一群人在探索一个专业，了解一个专业独特的研究对象、知识体系、发展历程、代表性的人物及其思想精神等。如果对本专业缺乏兴致，有没有和过来人聊聊，从而释放自己的不安。我希望，在探寻未来的这条路上，他们并不是一个人踽踽独行，形单影只地在自己的迷茫里打着转，一直到大学的尽头。

二

关于"为什么我们仍在经历同一款老师,或者说同样的教育?",学生们能看到这首先是一个社会、体制层面的问题,其次才是教育内部的问题。这令人欣慰。

随后,我用了半小时,援引了古德莱德的课程层次论以及库本基于7 000余例课堂的研究成果,以此强调国家层面的教育新理念新口号,只有基层老师真正认同其价值,教育的变革才会真正发生。也就是说,变革有赖于"教育实践的内核"的真正改变:教师如何理解知识的性质、学生在学习过程中的角色及这些知识观与学习观如何在课堂显现等等。如果教师认为知识并不是确定的、不是价值无涉的、不是客观普适的绝对真理,而是建构生成的、情境性的识见,那么他就会允许学生对知识有所质疑和修正,其教学就会保持一种开放性。反之,就更容易走向单向的灌输。

接下来,关于"什么是教育",我也谈到了美国学者杜威的观点:"教育不是生活的准备,教育即生活。"教育不是未来的、成人生活的准备,教育即当下的生活,而且是儿童的生活。

杜威并不反对教育要为将来生活做准备,任何教育都要提高个体的文化与社会适应性,并最终使个体以健全的方式参与广泛的社会生活。关键在于,教育究竟以什么方式为未来的生活作准备。必然要以牺牲儿童当下生活的幸福为代价吗?杜威认为,我们缺乏对儿童当下生活的重视。他认为,儿童的生活和成人的生活、现在的生活与将来的生活,其地位同样重要,"一个人在一个阶段的生活和在另一个阶段的生活,是同样真实,同样积极的,这两个阶段的生活,内容同样丰富,地位同样重要"。①

教育应当关照当下的儿童生活的价值,要去尊重他们的人格尊严,去保护他们的梦想,去呵护他们的想象,让他们能真正体会到"儿童世界"的感觉,而不是单纯将这段生活看成另一种遥远的、不可知的或知之甚少的生活的准备。儿童在教育中发展,也就是在教育中生活,在教育中实现人生。他们并不是一个抽象的存在,不是被塑造好了才置身生活之中。他们已在教室里开始他们的人生实践。

回忆起来,从小到大,我们是不是一直在为那个渺茫的、预设的未来做准备?为了那一轮一轮的考试、升学,为了一个一个证书,为了将来的所谓幸福或成功,我们总是不断在"牺牲"当下。话匣子打开了,教室里热闹非常。

一个学生说:"从进入初中那一刻起,我们就开始为升学考试而奋斗了。而整个初中一直被灌输着要考到某某重点高中的思想,整个高中一直被灌输着要考到某某名牌大学的思想,等真正进入了理想的大学后,浑身的力气仿佛都被抽空,只剩下一副躯壳,不知道应该要做什么了,也没有气力再去做什么了。"

另一个学生则说:"有句话我一直很困惑。我高一的班主任曾说:'先做自己应该做的事情,再做自己喜欢做的事情。'只有做了该做的事情之后,或许我们才有资格、有资

---

① [美]杜威:《民主主义与教育》,魏莉译,长江文艺出版社,2018年,第47页。

本、有能力去做自己喜欢的事情。但是人生的各个阶段都有自己应该做的事情，那么我有什么时间去做自己喜欢做的事情呢？联系老师刚刚解释的杜威的观点，也就是说：我们一直都在为未来做准备，根本就没有时间致力于当下。"

三

谈到大学的迷茫状态，这是绝大多数学生的困惑。我想起作家刘同的一本小说，名为《谁的青春不迷茫》。正想回应时，一个来自文学院的女生站起来说："刚刚这位同学实质上也回答了为什么我们到了大学就迷茫的问题。因为我们一直是向前看的，而从来没有思考过当下的意义。我小时候在想，我学习是为了什么。父母会告诉我，这一切都是为了你自己，可我始终觉得学习是为了父母，为了让我爱的人开心，而不是让我快乐。学习很痛苦，人生的轨迹都被规划得很好，我也已经沿着既定的轨迹，走到了大学，可是我迷茫了，因为我不知道接下来该做什么，我对什么都不感兴趣，做什么都不快乐，只是一步步机械地完成我该做的一切，多年心中秉持的不过是让父母不失望。"

她的同桌也站起来说道："有时想想真可怕，我发现困扰了自己很久的那些年的数学题、要背的书，以及我耗费的那些时间和精力，对于现在的我、未来的我竟没什么用处。它们的意义究竟是什么？我觉得现在的自己好像空壳一样，才开始真正努力去寻找自己的热爱，去填充自己的灵魂。我所接受过的教育并非一无是处，但它似乎并未让我拥有足够充实和丰盈的内心，而是在狂塞一顿知识后又逐渐消失。"

听到这里，杜威的话在我耳畔回响："任何阶段生活的主要任务，就是使生活过得有助于丰富生活自身可以感觉到的意义。"① 正是因为多年来我们在教育上总是偏向为未来做一种可谈得上是"狂热"的准备，而忽视了当下和过程本身的质量；教育是为了达到某个终点，而不是被当成一次别开生面的旅程。这导致孩子们没有体验到杜威所说的"可以感觉到的意义"。

从某种意义上来讲，生活也许不能被"准备"，它只能被经历（lived）。生活可能从来就没有"准备好了"这一说。我们以为自己准备了多年，但到了大学却像漂泊在茫茫大海之上，内心一片空洞。

"学校必须呈现现在的生活——对于儿童说来是真实而生气勃勃的生活。像他们在家庭里、在邻里间、在运动场上所经历的生活那样。我认为不通过各种生活形式，或者不通过那些本身就值得生活的生活形式来实现的教育，对于真正的现实总是贫乏的代替物，结果是呆板而死气沉沉的局面。"② 杜威所说的"真实而生气勃勃的生活"，意味着契合了儿童的身心特点、天性与趣味，切近了儿童所接触的生活实际，给儿童带来了满心期待与希望。这样，生气才得以可能。

这种"真实而生气勃勃的生活"，是来自历史专业一个叫王子琪的女生曾分享过的新加坡的数学教学场景，她说："还记得初高中时我陷入了让人绞尽脑汁的数学函数学习，

---

① ［美］杜威：《民主主义与教育》，魏莉译，长江文艺出版社，2018年，第69页。
② ［美］杜威：《我的教育信条》，罗德红等编译，华东师范大学出版社，2015年，第94页。

一位在新加坡上学的同学兴致勃勃地向我展示，老师是如何利用函数让他们测出每个人微笑时的面部曲线的，又是如何带领他们乘坐了游乐场的 U 形大摆锤并度过了一个美好的下午。他们在各种远离书桌的场所探索知识，快意与成功地体验了利用知识解决现实问题。这些活泼生动的、充满生活气息的经验让他们认为学习本身是轻松且充满奥秘的。

而知识对我们而言，是放在一处又转移到我们脑子里的货物。这些货物与生命无关，与现实生活无关，自然与兴趣也无关。"

如果教育从一个人的幼年起便贴近我们、与我们的生活实际关联并激活我们对自我发展的期许，那么，到了大学，我们对自我发展的这种期许想必就大致清晰了：我能做什么？我喜欢或擅长做什么（我的热情在哪里）？我想要成为什么样的人？想要怎样的生活？我如何一步步抵达？

四

我们迷茫，也还因为想学的专业、想走的道路，并不都是自己选择的。

我所面对的学生，基本是师范生，这意味着他们是未来的教师。可是，当我问及"有多少同学是想成为一名教师的？"只有三分之一的学生举手。我的脸上虽然仍挂着微笑，但实际上内心受了打击。就这门课的内容而言，就是和他们一起探讨教学的理论和实践，是讲如何做教师、如何去教学的。如果他们压根儿就不想做教师，这不是在强迫他们学吗？哪来学习的热情？我教这些内容的意义又在哪儿？

但是，为什么不想做教师，又填了师范专业？一个回答是："我最想选法学，但父母让我填了师范，说只要有人，就需要教育，就得有学校，这是一个永不会丢掉的铁饭碗。同时，教师业余时间充裕、人际关系简单，清闲、稳定、体面；女教师因适合相夫教子而好找对象。但我觉得自己没有勇气坚持下去，中小学的工作很重复，一教就是几十年，很容易导致职业倦怠吧。"

家长们就这样一厢情愿地决定了一个孩子的未来，剥夺了他们选择和试错的权利。有些学生是属于调剂过来的，其中一位学生说："我是被调剂到师范专业的，以前也没想过当老师，觉得自己不太适合。我性格内向，有次彭老师说到她小时候很腼腆，家里来了客人只会躲在房间里，我也这样。我从小就害怕与亲戚打交道，每次能躲则躲，如果在街上碰到，还会假装看不见，或者是提前走到马路对面与他们完美错开。虽然现在性格开朗了一点，但我仍然是一个不喜欢引人注目的人，而做老师最重要的就是要吸引学生的目光。"

有些学生虽然可以自由填报，但并不知晓自己的喜好，懵里懵懂就做了选择。这与我们所受的教育也脱不了干系。

还有一位女生所说的，可能代表了教师子弟的心声："我也是父母让我填报的。父母都是教师，我从小就目睹他们的职业生活。我并不憧憬这样四平八稳的人生，我有自己的野心。我也不想殃及下一代。别看我爸给学生讲题时很温和，可在家给我讲时，阴沉着脸，直接而粗暴。他们所有的耐心都在学校里耗尽了。而且，我身边很多教师子弟都有一个苦恼：他们的教师父母永远都在对他们说教，总在拿自己教过的高徒和他们作比较，却从来不听他们的想法。"

不管何种缘由，眼前有一群不想做老师的人啊。我并没有信心，通过我的课，让他们能重新认识这份职业，从精神上多一点职业认同；或是认识到做教师同样是富有挑战性和创造力的工作，而不是一种机械的重复。

最后，我安慰着他们，也剖析着自我。

木心先生在《哥伦比亚的倒影》一书中写道："生命是什么呢，生命是时时刻刻不知如何是好……"[①] 当学生们觉知到自己的迷茫时，代表我们抱持了一种负责任的人生态度，已开启对自我与未来的思索。我们已在苏醒，这比身处迷茫却不自知要强得多。为什么而活，恐怕谁都需要经历一番漫长的探索才能回答这个问题。一切都还来得及。

或许，我们要去接纳迷茫可能是人生的一个常态；迷茫会与我们同在。如果一个人从生下来的那刻就知道自己因何使命而来，知道自己将要成为什么样的人，他的人生也未免太无悬念、太单一了。

刚刚学生们的发言，有两句话我印象很深，第一句是："进入大学后，好像一切都突然变快了，每天都有好多事情，但很多时候都不知道自己在忙些什么一天就过去了，也不知道忙这些事情的意义在哪里。"第二句话是："越长大越觉得前途很茫然，自己只是芸芸众生中最普通的一粒沙尘。"就是这样的啊，我现在这个年岁，也仍有他们这个感觉。我原以为，前途会越来越明朗，可年岁的增长并没有让我觉得前途就更可掌控，更璀璨。大概人生路就是茫然着，

---

① 木心：《哥伦比亚的倒影》，广西师范大学出版社，2010年，第120页。

寻找着，惶惑着，也坚定着，如此蜿蜒向前。

这次课上着上着，我并不知会走到这里，会共诉彼此的迷茫。也许这无形中也能帮他们找到开头我所谈到的一种"集体的归属感"，当"我"因迷茫而苦恼，得知"你"也如此，甚至更甚，也就不觉孤独了。

最后，我照常留下了一道思考题："关于什么是教育，从柏拉图到杜威都给出了答案，你自己的答案呢？或者，有没有邂逅过令你信服的回答？我们下周同一时间，不见不散。"

掌声在响起。一个女孩离开时，穿过讲台，递过来一张小纸条，上面只有一行字："老师，我喜欢你。"

当晚，我收到了四五封邮件，来自当时举了手、想当老师的那三分之一。

一个女生说："成为一名教师，似乎是我无法逃离的宿命。我的家乡有一句老话叫'三岁定八十'，意思是通过小孩子童年表现出来的情况就能预判他未来的结局，听起来似乎有点不那么科学，但在我的身上却实实在在地印证了。无论是五岁时痴迷于'点名'制度的我，还是被任命为'带读小老师'的我，然后是兜兜转转选择了师范专业的我，进而是站上三尺讲台模拟授课受到好评的我，无疑是在一步一步地向教师这个职业慢慢靠近。"

一个男生写道："我完全是出于热爱而选择了这个专业。即使身为江苏物化（物理化学）理科生，即使父母希望我出国或读商科，我还是毅然决然地选择了教育学。毕竟没有无缘无故的爱与恨，想想原因应该有两点：一是父母从小把我保护得过好，我对于社会的其他一切不了解，加上自己喜欢说话和看书，便觉得当老师是一个不错的选择；另外，也是感觉遇到的老师不符合自己心中对教育人的崇高追求，寄希望于自己，以后能成为一个问心无愧的好老师。"

一开始，谈到"迷茫"时，我安慰了他们；后来，他们捕捉到了我的低落，故来信安慰我吧？学生之于教师，亦是"有时治愈，常常帮助，总是安慰"。

学生来信

亲爱的彭老师：

第二次上您的课，依然是目不转睛的120分钟，或许这120分钟就是我翻页般的日子里最后的缓慢的乐趣的吧。

我也一直在思考，一个好的老师到底是什么样子的？我说不出来，因为我总觉得当前大学老师和学生的状态更像是一种"交易"，每周定期"交易"，教师把知识"卖"给学生，学生只是单纯地收着，也不管有用的没用的、好的坏的，总之照单全收。除此之外，没有其他的、多余的、烦琐的动作，我遇到太多身边的同学到了期末还说不出老师的名字，记不清老师到底长什么样子。我不能说这样的老师不好，他们也在努力备课、上课、考核，但为什么大家却记不住这样的老师呢？

我想了很多，觉得凡是能够突破这种单向"交易"思维的老师才能被大家记住。

陆同学，2019级教育学（师范）专业

第三章　什么是好的教育
——请赋予你自己的定义

开场白

亲爱的女孩们、男孩们：

早上好。秋天的早晨里，一路散步来教室，从身到心都像被按摩过。

我提前二十分钟走进了这幢楼，没想到教室里已叽叽喳喳聚集了一群人。苏联教育家阿莫纳什维利曾说："谁爱儿童的叽叽喳喳声，谁就愿意从事教育工作。而谁爱儿童的叽叽喳喳声已经爱得入迷，谁就能获得自己的职业的幸福。"[①] 尽管你们已不是儿童，但你们的叽叽喳喳声所带来的幸福感，是一样的。

进门时，有一个女生正在擦黑板，转头朝我嫣然一笑。我虽刚刚才问询到她的名字，但实际上早就注意到她了。她总坐在正中间的第二排，皮肤白皙，脸颊上总带着少女的红晕，她抬着头认真聆听的模样，对我是无声的鼓舞。

---

① ［苏］阿莫纳什维利：《孩子们，你们好！》，朱佩荣译，教育科学出版社，2005年，第3页。

谢谢你们早起赶来。愿我们都不虚此行。

一

九月二十一日,"秋分"将至,这座千年古城进入了气象意义上的秋季。

提前二十分钟到了教室,我发下一张 A4 纸,纸上有一个表格,表上方写着:"亲爱的女孩们、男孩们:以后的每个课间,让我们一起听自己喜欢的歌曲吧。我来播放。请你告诉我,你最爱听的歌/纯音乐是什么?写下 1—2 首。"这是我昨晚临时起意在电脑上制作的。他们的课间,应有属于他们的音乐。

开场白后,开始进入上周留的思考题。我过渡了一下:教材中,关于教育的定义是"教育者根据一定的社会或阶级的要求,有计划、有组织、有目的地对受教育者的身心施加影响,把他们培养成为一定社会或阶级所需要的人的活动"。该定义可谓放之四海而皆准,什么都说到了。我希望他们不是只会背诵一个虽规范却大而无当的界定,而是总能形成自己的理解。什么是好的教育?

第一个发言的是一个女生,声音带着磁性。通常第一个发言的都是女生。

她说:"我认为,'教'是把树种下,'育'是把树种活。这句话其实是我在上大学后有一次去看望初中班主任,他告诉我的。他是我非常敬服的人,可以说,他是'救'了我一命的人。快中考时,因为我是借读生,需要比大家的考分高至少 10 分才能读一样的学校。我把近十年的中考卷都刷了一遍，而且是主动、痴迷地刷。当时压力很大，我就是告诉自己不能停。据老师说，当时我已经走火入魔了，后来我回想起来，自己在那段时间应该是出现了很大的心理问题。他察觉到了我的异常，每天会带我去办公室看半小时电视剧，一起在教师食堂吃晚饭。他的'转移话题'，让我的心理缓解了很多，否则我是否会做一些极端的事情，我也不知道。我遇到的很多老师都只是'教'我学习、读书和考试，但很少有像他这样的老师，'育'我成长、'育'我心灵、'育'我思想，这让我特别敬佩他。"

"教"是把树种下，"育"是把树种活。"教"指向知识层面，而"育"更多指向精神层面，与"教书育人"的含义类似。但这样的表述我第一次听说，也没想到背后藏着一个关于初中班主任的故事。"育"在字典里确实有"养活"的意思。这个说法耐人寻味，让我当即有了将夸美纽斯的"种子"和杜威的"生长"这两个隐喻联系起来的灵感。

夸美纽斯在《大教学论》中，用植物学上的概念——"种子"——喻指一种神圣的可教性，即每个人都是可教的、可塑造的、可改变的。他认为，在人类"失乐园"之前，每个人身上都有"博学""德行"和"虔信"的种子"坚牢地种植在他身上"，教育的目的就在于精心灌溉，恢复人的本性。杜威的"教育即生长"，指出"生长的首要条件是未成熟状态"，无论儿童还是成人都处于不断的、连续的生长中，并且生长的目的在过程之外，即生长是为了更多更好地生长。如果"种子"的隐喻偏向把树种下，并坚信这棵树苗具备长成一棵大树的内在潜力，那么"生长"则偏向把树种活，给予它阳光雨露，将它的潜力激发出来，让它始终保持生长的态势，愈来愈繁茂。

隐喻虽属于"前科学"的语言现象，但提供了繁富的意义空间。我甚至遐想，当我们将"种子"在土壤里埋下，总不可能隔一阵就把种子从土里翻出来查看是否发芽。我们除了相信，还要学会等待。教育是一项慢事业。

二

举起的手多了。我示意了一个还从未发过言的女生，她说："我认同《说文解字》中对'教育'的解说：教，上所施，下所效也；育，养子使作善也。父母和老师做示范，儿童跟在后面效仿，这是教育最朴素的含义。儿童是最擅长模仿的，大人说很多道理都不如自己首先做到。但很多父母和老师都没有做好言传身教。"女生还举了两个生活中的事例加以佐证。

来自文学院的一个学生则追溯了"好"的词源演变："什么是好的教育？这个疑问句中，'好'作修饰定语，显然这里取的是'好'的形容词语义。现代汉语中'好'有着丰富的形容词语义，但追溯'好'的词源演变可以发现，所有义项都隐含着相同的深层意蕴。

'好'乃会意造字，本义是女子，商王武丁之妻名为'妇好'，是一位执掌权柄、威震沙场的女将军，后引申为美、善之意。《说文解字》中说'好，美也。从女、子'。汉乐府《陌上桑》云'秦氏有好女，自名为罗敷'。《康熙字典》释'好'为'美也、善也'，并举《诗经·郑风》之'琴瑟在御，莫不静好'为例。所以'好'的形容词语义场核心要义即为'美善'。因此，我认为好的教育是一个涉及伦理价值的引申义。好的教育一定是使人向美向善的，而且其本身也是美与善的。"这位学生从语言学视角展现了她的观点。

来自数学师范专业的一个女生多次举手，我叫了她。她说："上学期我写一个作业时，接触到雅斯贝尔斯的话：'教育的本质意味着：一棵树摇动一棵树，一朵云推动一朵云，一个灵魂唤醒一个灵魂。'教育不是传递了多少知识，本质上是靠一个人的精神力量去影响另一个人的精神世界。如苏格拉底所说：'教育不是灌输，而是点燃火焰。'我初中时期的语文老师兼班主任，我们叫她老王。她一直都在影响着我。初中毕业后，逢着寒暑假，必定会去看她。我知道她家的院落何处，也一直忆着某次寒假里，我们搬了板凳在庭院里晒着太阳聊天。我时常会羡慕这个明明女儿都比我还要大的女人，怎么还会有那么赤诚的愿望和真挚热烈的感动。讲起她的书、课改、学生和家庭，眸子里永远闪着光，嘴角扬着笑。我知道，她把心中的树摇动到我的心中了。于是，我高考的第一目标便是北京师范大学，只是后来阴差阳错没能如愿，她还安慰过我。"

她引用的这句有着丰富意象的话，这几年我越来越频繁地看到。据说来自德国哲学家雅斯贝尔斯的《什么是教育》，但我曾翻遍整本书，也没找到原话。书中可以找到"教育是人的灵魂的教育，而非理智和认识的堆积"[1]"所谓教育，不

---

① [德]雅斯贝尔斯：《什么是教育》，邹进译，生活·读书·新知三联书店，1991年，第4页。

过是人对人的主体间灵肉交流活动（尤其是老一代对年轻一代）"①，雅斯贝尔斯确实注重教育对人的精神成长的作用。鉴于该书只是别人对雅斯贝尔斯关于教育的论述进行的节选和汇编，我未将它放入学生的阅读书目中，倒是放入了美国学者杰克森（Phillip W. Jackson）的《什么是教育》。

又一位同学说："彭老师刚刚跟我们说明了这句话不是来自雅斯贝尔斯，看来道听途说不可取。我有一次看到一个小学的墙壁上还刷上了这句话呢，署名就写着雅斯贝尔斯。不过，这句话在我身上有着最直接、最现实的体现。

我小学时的数学老师不仅将课上得像侦探破案一样有趣，更重要的是他清爽干净，浑身透着一股积极向上的劲儿。每天清晨，他早早来到教室，将桌椅板凳摆放整齐，清理好地面与黑板。农村学校年久失修，墙壁斑驳，桌椅陈旧，地面也坑洼不平。但由于他的影响，我们班级始终干净整洁、秩序井然。很多年之后，我在一所中学实习。第一次走进教室的时候，我一眼就瞥见了讲台上杂乱的粉笔与厚厚的粉笔灰。一旁书柜边摆放的绿萝，叶片泛黄，毫无生机。我利用午休时间将教室打扫了一遍，重新修剪了绿萝。在做这些事的时候，我自然而然地想起了数学老师当年的样子——他带着满满的精神头走进教室，一边陪着我们早读，一边不紧不慢地将教室里的每一个细节规整到位。"

这个女生的发言也呼应了之前所提及的"教，上所施，下所效也"。又一只手举了起来说："'教育是一棵树摇动一

---

① ［德］雅斯贝尔斯：《什么是教育》，邹进译，生活·读书·新知三联书店，1991年，第3页。

棵树……'以其诗意的意境，传达了一个重要的涵义：教育真正的价值是一种启蒙、一种唤醒、一种点燃、一种开悟、一种得道……我认为要思考的是：如何以适当的方式去摇动另一棵树而不是扰乱它成长的节奏？如何以适当的方式去推动另一朵云而不是改变它漂浮的轨迹？如何亲切地唤醒另一个灵魂而不是打断它自我的洗礼？"从"是什么"到"如何达成"，那是更艰巨的另一个问题。

三

"我还想听到男性的视角。谁来？"我不得不发出邀请。我经常得发出这样的邀请。

沉默过后，终于有一个男生说："首先，从主语和宾语来看，一棵树与另一棵树、一朵云与另一朵云、一个灵魂与另一个灵魂，这是一种对等的关系，也就是说，教师只能以人格塑造人格，以情操陶冶情操。刻板的教学和冰冷的规矩很难承担起对学生人格的塑造。其次，从动词来看，无论'摇动''推动'还是'唤醒'都是温和的、潜移默化的、润物细无声的，是教师以自己的所作所为、全部的见解与热情感染受教育者，唤起受教育者内心对美好人生、对知识的本真渴望。所以，教育一定是要激发起了一种自我教育、一种主动的自我发展才能达成真正的教育。《爱弥儿》中说：'什么是最好的教育？教育就是无所作为的教育：学生看不到教育的发生，却实实在在地影响着他们的心灵，帮助他们发挥了潜能，这才是天底下最好的教育。'"

好的教育就是学生（或子女）觉察不到教育的痕迹，但你已经教育过了，就像最好的化妆，宛若素颜的清新自然。教育一定是要激发起了一种自我教育、一种主动的自我发展才能达成真正的教育。讨论已达至深层。下课铃声在即。我让发言的男生再去看一遍《爱弥儿》，确认一下卢梭的原话是否如此。

末了，我做了总结。什么是教育？什么是好的教育？这是个需要我们不断去寻找、质疑和追问，不断进行个体参与性理解、创造性阐释的问题，而不是摆在身边的某个标准答案。

回答这个问题，就像在回答：什么是人生的意义？有一个答案是：Don't ask the meaning of the life is. You define it。人生的意义由你自己赋予。木心先生说："生命好在无意义，才容得下各自赋予意义。假如生命是有意义的，这个意义却不合我的志趣，那才尴尬狼狈。"[①] 不妨改一下他的话：什么是好的教育？这道题好在没有标准答案，才容得下各位交上不同答卷。

胡适先生在《人生有何意义》中说："你若情愿把这六尺之躯葬送在白昼做梦之上，那就是你这一生的意义。你若发愤振作起来，决心去寻求生命的意义，去创造自己的生命的意义，那么，你活一日便有一日的意义，作一事便添一事的意义，生命无穷，生命的意义也无穷了。总之，生命本没有意义，你要能给他什么意义，他就有什么意义。与其终日冥想人生有何意义，不如试用此生作点有意义的事……"[②]

---

① 木心：《素履之往》，广西师范大学出版社，2010年，第127页。
② 胡适：《人生有何意义》，北京理工大学出版社，2016年，第29页。

作为未来的教师，请像他说的那样发奋振作起来，去寻求、去创造好的教育吧。

愿我们都拥有自己的教育理想与信仰，以足够支撑我们漫长的教育生涯。我们选择的这条路，任重而道远。让我们结伴而行，永远在路上，且行且思，且思且行。

下课后，一个女生递上来我今天课前发下的那张纸。浏览完他们写下的歌名，发现大多数歌我都没有听过。除了中文歌、英文歌，还有意大利钢琴曲，有几首不知是否就是他们谈论的二次元神曲……其中竟然也有一首励志老歌 *No Matter What*（《无论如何》），这是我在学生时代曾用来激励自己的歌："无论别人怎么说、怎么做、怎么诋毁，我都会坚持自己的信念；不管怎样荒芜的地方，也会有正在诞生的梦想。"歌曲中那个如脱缰野马永不回头的自我，给人力量。

学生来信

亲爱的彭老师：

不知您是否记得我。我，是个转专业的学生，在填报高考志愿的时候，父母一致劝我报考师范专业，以后做个教师，安安稳稳过一生。从小到大，我似乎都是一个听父母话、听老师话的乖孩子，可是，在这件事情上，我渴望叛逆一把，去看看外面的世界，不想把自己的人生过得太狭隘，将一辈子都封锁在校园里，与学校为伴。于是，我便进入了轨道交通学院。大一复杂的高数物理模型，让我这个渴望文学、感性的女孩儿迷失了自我，这不是我想要的生活。终于，我转进了教育学院。

在遇到您之前，我想要当老师的欲望不是那么强烈，或者说，我想要当老师多数考虑到的是薪资稳定、生活安逸，可以给我更多的时间充实自我，徜徉书海。但真的，遇到您，我感觉到教师这个职业的伟大，我想要做教师的欲望越发强大，我渴望做一个育人的教师而不是一个应试的教师。

就在昨日，我发了我的第一条朋友圈，内容是这样的："地球一角的我，猛然间想要尝试某件事情，这个念头因她而起，是何其强烈！但此刻，那个地方，我想站上去。这就是我朋友圈的开端。"这个小小的萌芽，老师，它是由您栽培的呀！

敬爱的彭老师，愿今后的我如您一般，为我的学生散发着光和热。

王同学，2019级教育学（师范）专业

第四章 什么是爱
——你完全有能力重建内心

开场白

亲爱的女孩们、男孩们：

早上好。这一周是否别来无恙？

整个古城都沐浴在一种天然的香氛中，那是桂花的幽香时不时地钻进鼻孔来，让人想深吸一口。仿佛全城都陷入了一场热恋。

国庆是否准备回家？我建议来自省内的、交通便捷的同学们，不妨回家一看。今年的中秋和国庆是同一天，两个节日大致19年才重合一次。陪父母过完传统佳节再回学校也不迟。

两年前，国庆节前一天的下午是需要补课的，一个男生来信希望能提前回家："吾幼居江左，虽为漕运重镇，然漕运渐衰，陆路亦不甚发达，故每逢佳节，唯有乘客车以还乡梓。国庆返乡者甚多，盖皆有季鹰思归之情。吾乡虽无莼菜、鲈鱼之美，然亲人之盼不免挂怀。彭师之课，自然精妙绝伦，然课时较晚，难免长阻于路，多有不便。望彭师念此，准予之所请。"猜猜我是否准允了？

有次听到余华在采访中谈道："我们常说一个人可能这辈子能够去的地方有很多，但是能够回的地方，其实就是一个或两个，所以那个能回去的地方，格外显得宝贵。"

我们向往的远方，在列表中有无数个，桂林、西双版纳、耶路撒冷或托斯卡纳？但可能从未想过要珍惜眼前那个还可以回的地方。而且，那个当下可以回的地方是否一直都在？

我的父亲是在一次意外事故中去世的，他生前身体很健康，我根本就没有准备过这一天的到来。当我接到电话，跌跌跄跄赶去机场，那是我一生中走过的最漫长的距离。在他的坟前，我有一万句对不起要说。其中一句是"对不起，我以前回家太少，一直慌慌张张地往前赶，寒暑假也不知都在忙些什么，毕了业又忙于工作和家庭，陪伴您的时间太少了"。他离开后，我从此觉得身体里缺了一块，并且永不复完整。十年来，我就这样与自己残缺的身体共处，向前生活。

伴随我余生的这份愧疚感，我愿你们都不会有。

回家看看吧。他们挂在嘴边的那句"我们都好，你别来回折腾了"，别信。他们老得很快，回去看看他们，也让他们看看你。

一

九月二十八日，再过两日就迎来国庆长假了，空气中似乎已经有了假日的松弛。小朋友早早就醒了，享用早餐的时间也就变得充裕。我榨了新鲜的黑豆花生豆浆，先生负责煎鸡蛋、洗生菜和切水果。小朋友取出火腿与芝士片，一一夹在杂粮吐司中，一顿中西结合的早餐就绪。我们一边吃着，一边聊着。从容的早餐时光，是一天所需的爱和能量的来源。

小朋友很开心，因为上午有他钟爱的美术课，事实上，昨晚在将那盒36色的马克笔装进书包时，他已乐得眉开眼笑。我欢喜着将和学生们谈论一个意义深长的话题，事实上，在昨天备课时我已在想象上课的场景了。这份提前来到的开心，如《小王子》中的那句："假如你下午四点来找我，那么，从三点钟开始我便有了幸福的感觉。当时间愈来愈接近，我也会愈来愈幸福。"[1]

今天将开启新话题。这个话题可归为一个字——"爱"，隶属于"教学主体"这一专题。我们将从上一个恢宏的专题"什么是教育"转移到教学中的"人"，尤其是讨论"培养人的人该是一个怎样的人"。人总该摆在首位的，教育首先是人学。

作为"培养人的人"，教师所需具备的质素[2]，我认为首要是有爱。当然，即便不做教师，这个字眼也该贯穿我们的一生。一个人的心中倘若没有了爱意，将是可怕的。

爱是教育的源动力。关于教育的起源，一般认为，有宗教提倡的神话起源说、沛西·能的生物起源说、孟禄的心理起源说和凯洛夫的劳动起源说。但是否也可以善意地想象为：教育起源于某种爱与关怀。在那个远古的年代，原始部

---

[1] ［法］圣-埃克苏佩里：《小王子》，张小娴译，十月文艺出版社，2013年，第85页。
[2] "质素"有基本素质、素养的含义，也强调了本质、质量、要素之意。我认为，"爱"是做一名教师的底层逻辑。

落中的长者将自己生产生活的经验口耳相传给后代，从如何狩猎、如何种植、如何看云识天气，到如何与部落中的人守望相助、如何防卫异族等等，从而让年幼者更好地应付生存、少走弯路。

在市场化、信息化、国际化的今天，学生成长的环境发生了很大变化，但对于教师所需具备的质素这个问题，我始终认为，很多关键词都没有变，例如"爱""热情""专业化""阅读"等等。就如同时装界，有些简约的元素是不变的时尚。

"学校教育到了现在，真空虚极了。单从外形的制度上、方法上，走马灯似的更变迎合，而于教育的生命的某物，从未闻有人培养顾及。好像掘池，有人说四方形好，有人又说圆形好，朝三暮四地改个不休，而于池的所以为池的要素的水，反无人注意。教育上的水是什么？就是情，就是爱。教育没有了情爱，就成了无水的池，任你四方形也罢，圆形也罢，总逃不了一个空虚。"[①] 夏丏尊先生写下这段序言的年代，是1924年，约莫一百年前。美国国家年度教师肖恩的教育哲学是：孩子先于内容，爱先于一切。为何爱要先于一切？

在如今工具理性、技术至上的时代，将"爱"引入一场旨在揭示教育之生命（借用夏丏尊的说法）的讨论中，有些奇怪，似乎不合时宜，或是显得肉麻。虽然，在非正式场合，我们将"爱"挂在嘴边，简直泛滥成灾，例如，"她爱喝茶不爱喝咖啡""他写作文不爱打草稿""她爱哭鼻子"。

---

① ［意］亚米契斯：《爱的教育：名译插图珍藏版》，夏丏尊译，上海译文出版社，2016年，译者序言第1页。

但是，在课堂上，"爱"这个字眼不太容易说出口，在一大群人面前说出口并与他们一起说开来，更是难事。

尽管谈论"爱"有些困难，但从以往的教学反馈来看，学生们是愿意听的。曾有一个女生写道："尽管已上了大学，上过的课程无数，但实际上从未有课程会与我们谈论'如何去爱'。我的父母也从没有教过我。事实上，他们可能也根本不懂得什么是爱，所以分分合合、吵吵闹闹。我的童年在动荡不安中度过。彭老师跟我们谈论完这个话题后，我们都意犹未尽，希望能再多几次课。其他的专题可以看教材，而唯独这个话题，需要有个人跟我们说一说。我们本就处在谈谈情、说说爱的正当年纪，不是吗？"

这两次课他们需提前阅读的书目是亚米契斯的《爱的教育》、弗洛姆的《爱的艺术》以及有关"教育爱"的论文。从广义上讲，"教育爱"包括教育者对受教育者的爱和受教育者对教育者的爱。鉴于教授对象是师范生，我仅讨论狭义上的，即教育者对受教育者的爱，由此在课堂上将"教育爱"简称为"师爱"。师爱虽然与普遍意义上的爱或者其他社会关系中的爱有所不同，但这世间的爱，从亲情爱、友情爱、爱情爱到教育爱，更多的是共同之处。

让他们不妨从这些共同之处启程，不必拘泥于是哪种爱。先提供一个大的言说空间，让他们都有话可说，再集中到更小的局部领域，由面及点，这是我通常采取的办法。待到有关"爱"的议题结束，我再带他们转向"教育爱"。

我在黑板上写完一道填空题"爱是一种_____"，转过头问："你会填上什么？理由是什么？"

静默，修道士一样的静默。但习惯这种静默就好了。只要你不率先去打破，就一定会有学生来打破。

"爱是一种分享欲。当爱一个人时，奶茶里有几颗珍珠都会数一数，然后告诉远方的那个人。在宿舍楼下发现一只白得发光的猫、路旁的满树繁花、天边的火烧云，会拍下来，第一时间发给那个人，好奇他会作何种回应。'今天食堂的师傅给的牛肉特别足'，芝麻大点的事都想告诉他，有说不完的话。"

当女生说到一颗一颗数奶茶里的珍珠时，其他同学都笑了。而我替女生在想：什么时候发现自己不爱了呢？就是照片拍完后，想想还是算了，不要再打扰他了，他也不会想知道了。

"爱是一种感情，或者说情感吧。"一个男生说。"为什么说是一种感情？是一种什么样的感情？"我追问道。他说还没想好。我说想好了再告诉我们。

我转而问："你们相信一见钟情吗？"

一个女生说："所谓一见钟情，要不对方是俊男，要不对方是靓女吧。我们会对丑陋的人一见钟情吗？一见便钟情，更多源于一种表层的吸引，只能说两人之间产生了一种好的感觉或奇妙的化学反应，但谈不上抵达一种感情的深度。感情这个词是有分量的。我还没谈过恋爱，可能就是因为把'感情'看得很重，无论是自己的感情还是别人的感情。我不想将感情随意托付他人，也不想去亏欠或耽误别人的感情。"

这是一个爱情观相对成熟理性的女生。我想起另一个女生曾写信给我，叙说她所经历的一见钟情："前些天去本部看秋景，不经意间瞥到一个男孩，好像一束光走过来。我从来没有这样的感觉，算一见钟情吧。从来没有向异性要过微信的我，紧张到失去理智般直接追上去，要了微信。要到微信的我，在小卖部买了本子，付了钱，本子也没拿就走了……一段短暂的一见钟情的事件就这样过去了，失落是有的，但也是轻松的。"

故事有上千字，从怦然心动开始，到以失望告终。之所以问起"一见钟情"的问题，是因我也认为，乍见之时所产生的感觉还谈不上"爱"，"爱"必定是随着时日一起增长起来的，具有时间的属性。在小孩刚出生时，看着护士手中那个皱皮皱脑、哇哇大哭的婴儿，我的母爱并没有满溢。随之，我哺育他、照料他，逗他笑、看他闹，渐渐地，爱在增长。这世间所有的爱都借由时间而来，母爱亦是个日久生情的东西。

正因这种时间的属性，有时当我们不舍得离开一个人之时，可能是不舍得那些曾交付出的时间，而那个人已不值得留恋。有时，我们不过是习惯了这个人，哪怕是"受虐"。我们不愿离开一种习惯，而不是不愿离开这个人。而习惯便是时间养成的。

在《小王子》这本小书中，小王子爱上了一朵红玫瑰。后来他来到地球上的一座玫瑰花园，看见数不胜数的玫瑰花，和他喜欢的那一朵同样漂亮。但那朵红玫瑰仍是独一无二的，他对眼前的玫瑰花儿说："她比你们上千百朵玫瑰都重要多了，我每天为她浇水；是我把她放在玻璃罩下面；是我用屏风替她遮风；是我为她杀掉毛虫。听她发牢骚、吹牛，甚至闷声不响的，也是我，因为她是我的玫瑰。"后来狐狸帮他概括为:"是你为玫瑰耗掉的时间,使她变得如此重要。"①

二

一位女生说:"爱是一种需要。我们每个人在内心深处都渴望得到爱。如果这种需要没有得到满足,也就是缺爱,尤其是童年期缺爱,会形成创伤性记忆,会导致成年后的一系列问题。这几年流行的'女孩子要富养'这句话,可能就是说如果一个女孩子从小得到过充盈的爱,成年后,别人施予一点点爱与温暖,就不会导致她失去定力而很快对人产生依赖,或者说卑微到尘埃里。有些男孩子缺爱,可能会形成反社会人格,对生命失去敬畏。"

难得她能将"富养"和精神上的"爱"关联,而不是止于物质上的优裕。这位女生的发言让我想起了很多。

首先是马斯洛的需要层次理论。他认为,"爱"与尊重的需要属于人的基本需要,基本需要的满足有助于激发个体更高层次的需要。但在实际生活中,我们常常遗忘,一个孩子得到爱与尊重是最基本的。

其次,我想起上周收到的一封学生来信:"从小父母感情不和,每天都在争吵,每天都在闹离婚。他们只关注婚姻给他们自己带来的感受,却忽略了我的感受。我忆起童年时代,耳边回荡的是:'他们离婚,你想跟谁?'眼前浮现的

---

① [法]圣-埃克苏佩里:《小王子》,张小娴译,十月文艺出版社,2013年,第88页。

是：放学回家第一件事，先确定妈妈是否离开家了。我每天都在不安全感中度过。我希望有人能关注我，关注我的感受……因为儿时的这段经历，在恋爱中，我总想时刻确定对方的爱，很在意对方爱我是否胜过我爱他。人生中第一段恋爱，为时六年，分手的原因在于我们的家庭背景都很复杂，这让我害怕他婚后不会重视我的感受，甚至会忽略我。"

我以前也收到过类似的信件："我来自苏北的一个偏僻农村，很多时候，家这个字是和吵架画等号的。小时候，只要爸妈待在一起，他们必然会吵架，为鸡毛蒜皮的小事吵，有时候导火线仅仅是今天的菜咸了，为与亲戚之间的矛盾吵，相互责备，严重的时候还大打出手。我记得自己最开始的时候，会害怕，会哭，到后来我已经可以冷眼旁观了，或者在他们吵得惊天动地的时候，悄悄出去，在家旁边的小路走上一遍又一遍，直到'战火'停歇。随着年龄增长，在学校待的时间越来越长，我也就越来越不想回去……我不敢尝试恋爱，对婚姻持保留态度，也许会独身一辈子，我不想带来一个和我一样不幸福的小孩。"

当爱的需要没有得到满足，会让人产生不安全感，并且这种空缺感无法随着年龄的增长而自动消除。女生发言中所说的"创伤性记忆"，让她们对人与人之间的爱也持怀疑态度。有心理学研究表明：童年时期缺乏爱的人，觉得没有人会永远爱自己，但还是对爱情、友情等抱着一种近乎神圣的热忱，长大后渴望在其他方面补偿回来，形成一种心理防御机制。

有个男生给我写过信，他的父母经历离婚又复婚，"十三岁的时候，原来的妈妈回来了，他们复婚了。我感到很高兴也很奇怪，大人们莫名其妙地结束又迷迷糊糊地重新开始，但好像从来没有人来给这个孩子解释过他经历过的这两次变故是因为什么"。父母以为孩子什么都不知道，好像孩子根本记不得这一切。但其实孩子很清楚，"所谓的复婚也不过是两个失败而又失意的中年男女在一起搭个窝棚过过惨淡的日子。辱骂仍然存在，他们根本不是平等的家庭关系"。也许父母各自对这个男孩有着他们自以为的"爱"，但男孩已经感受不到了。无论他们做什么，男孩只觉得厌烦。他开始觉得，也许父母对于他并没有什么必须履行的义务和责任，他们不过是三个独立的个体因为生物血缘关系而被强迫放在了一个屋子里生活，并被赋予了法律意义上的人伦。

在心中对这样的信念深深首肯之后，这个男生不再对"家"里发生的事情关心，只按照他人生该走的轨道照常行进。这样过了十多年，男生考上了研究生。他很想和别人交际，并且几乎成了一种病态的欲望。他渴望在交流中表达自己的情感。他希望得到别人的认同，哪怕是导师让他去取一个快递他都觉得自己得到了重视。当他遇到喜欢的女孩，他很想试探着谈恋爱，但是他每往前走一步，就会踉跄着又退了下来，并成为一种常态。他畏惧并自卑，"既害怕自己的一位老师所说的'我们的婚姻只是在复制父母'，也害怕自己在成长中已经被沾染了一些恶劣的品行，会使自己在以后犯下些什么不可饶恕的错误？又总是想到，自己又有些什么呢，可以去追求别的个体？没有出众的才华和样貌，也并不自信以后可以挣到很多的钱，达到经济自由，怕给不了愿意陪伴的女孩子应有的报答"。然后他就会断绝和女孩子的联系，并疑心女孩早就在鄙夷自己了。

我承认原生家庭的影响，但反对夸大其影响，例如男生所引用的"我们的婚姻只是在复制父母"这样的话，是极需要批判性地看待的。一方面，原生家庭的影响固然深远，但家庭是我们无法选择的。如果允许人们自由投胎，恐怕谁都会选择一个有爱、有钱、完整的家庭。谁都希望，无论我们过得多么糟糕，总有后路可退。

另一方面，我总试图鼓励这样的学生，虽然无法选择最初的出身，但可以选择对它采取何种态度，这是我们拥有的自由。我们尽可以选择走出来，选择改变，选择行动。你随后的人生、恋爱，那都是你的，不是你父母的，你尽可以自己决定它们是什么样子的。

我也是在一个不完美的家庭中长大的。我从对原生家庭的反思中，获得了很多类似于"教训"（而不是可借鉴的经验）的东西，辨识出了哪些是我日后要竭力避免的。这些年来，我感到自己早已经走出来了，无论爱情还是婚姻都生长成了我曾经憧憬的样子。

三

每个人可能都有不安全感，程度不一罢了。前面那个在担惊受怕中度过童年的女生说："我们的家庭背景都很复杂，这让我害怕他婚后不会重视我的感受，甚至会忽略我。"生活原本琐碎、粗糙，再简明的家庭背景，再深爱的两个人，在久处过后都可能会出现不再重视对方的感受甚或忽略的现象。爱，自古就是个变量。谁也不能许诺我们一世欢颜。我们无法去奢求来自另外一个人的一份永不生变的爱。爱只能是来于自己。而且，当我们足够自强自爱，也就不会那么害怕失去别人的爱。我不止一次地向他们重复过这段话。

我跟这个女生回信说："别因为这种担心而不敢走入婚姻。重要的是去确定他是不是适合你的那个人，确定他对你的欣赏与心疼，确定你对他的爱恋与信赖，确定你们是否适合在一起共同生活。依然要去相信，去接受，去付出……你们都还年轻着呢。即便爱错了人，又有何妨。借用高晓松曾对一个年轻人说的：'你有大把青春韶华，哪怕用好几年去爱一个人，死去活来、互相折磨、纹身铭刻，又有何妨。'我们总需要在爱的实践中才能习得爱的能力，才能学会如何去爱，才会知晓什么是爱。"

在我说完马斯洛的需要层次理论后，有个学生示意有话想说："老师板书完这道填空题后，我第一个想到的是：爱是一种目光，爱是一种眼神。当你喜欢或者厌恶、欣赏或者鄙夷一个人的时候，都会通过你的眼神表达出来。你看陌生人、看朋友、看爱人、看家人的目光是不一样的。我在第一段感情中，经历过对方目光的变化。我现在有了新男朋友，我不用仔细去看，不用对视，只需要轻轻一瞥，就会感受到，他的眼神中流露着爱慕与关心。我对这种眼神无条件信任，没有任何怀疑，我被这种目光所温暖，满心欢喜。爱是一种目光。"

是啊，爱容易从眼神里跑出来，即便嘴上不说；不爱也是。

这位女生又说："爱是一种接纳吧。王小波有一句：'我把我的整个灵魂都给你，连同它的怪癖，耍小脾气，忽明忽暗,一千八百种坏毛病。它真讨厌,只有一点好,爱你。'要接纳对方的好,更要接纳对方的坏毛病。这也包括对自己的接纳。"

最近看到新闻,各大美容医院刚送走暑期营业高峰,因为有不少学生,尤其是准大学生,趁假期进行不同项目的整形手术。有些人甚至整容上瘾。选择整形,实际上是对自己的一种不接纳。但是我们所不能接纳的、大众意义上的长得不美之处,可能正是我们的特点,是不同于别个的地方。从另一个角度看,古人有"身体发肤,受之父母,不敢毁伤,孝之始也"的说法,这是父母留在我们身上的珍贵印记,就像盖了一个章一样。

想起了那句"Take me as I am, whoever I am"(接纳真实的我,无论我是谁)。发言的女生能重点谈到"对自己的接纳",而不仅是对他人的接纳,这让观点更深入了一层。对着镜中的自己,我们往往放大那些缺点,比如脸太圆、眼睛小、颧骨太宽,但别人可能根本没看到这些。对待自己的外表,我们十足地"严以律己、宽以待人"。有个英文小短片就题为《你比想象中更美》(*You are more beautiful than you think*)。

接纳自己,悦纳自己的平凡,包括悦纳自己的孩子的平凡,可能需要到一些年岁才能领悟到。从另一个角度来讲,一个人如果被另一个人全然地爱过或者说接纳过,也就是那个人总能看得到你的好、你的美,你就获得了一种自信,甚至可以说,获得了某种长久的内心的安宁,你就不会很迫切地要证明自己、得到他人的认同。

有些孩子的自卑正来自儿时父母对自己的各种挑剔,比如"人家孩子的牙齿又白又齐,你的黄不拉几的",这个孩子从此就笑不露齿了；又如"你这小腿肚子圆滚滚的，别人的腿多直"，这个孩子从此就不穿短裙了；还有，"人家的耳朵生得多威武，你的耳朵小，耳垂还往外翻"，这个孩子从此就留起长发遮住耳朵。这个孩子就是我。因是最亲的人说的，所以我深信不疑。是在走过很多的桥，去过许多的地方，读过繁多的书之后，这个孩子才逐步打破了那些曾经关于自己的迷信与成见，或者说刻板印象。

我喜欢那些顶着满脸雀斑在台上走秀的模特，她们带着一种发自内心的自信和坦荡。如果每张脸，都化得像美颜相机拍出来的那样洁白无瑕，那她们所展示的衣服便失去了一种真实的、蓬勃的生命力。她们笃信自己内在的巨大能量，从肉体到精神都散发着自信，衣服也就有了它的神采和魂魄。那种自信、任性、我行我素、野性，构成一种气场，一种对自我的驾驭，从而散发一种魅力。在日常生活中，有些人正是因为自信，让那件平凡的衣服在他的身上格外精神抖擞。这几年，照片中眼角的皱纹，我不再用软件修掉，那都是岁月的勋章；脸颊上每年新增的斑点，都藏着不为人知的故事。

何时，我们的父母才会随时张开双手准备拥抱任何模样的小孩呢？

四

爱是一种尊重。爱也是一种换位思考。这个月的17日，在湖北省武汉市江夏区第一中学，一名14岁的九年级男生跳楼身亡。男生因在学校与同学玩扑克，班主任叫来家长。从视频来看，这名14岁少年，站在楼道里，他妈走过来，直接就是一耳光。男生先用手挡了挡。他妈又扇了一个耳光，结结实实地打中了脸部。随后，她对男生掐脖子、戳额头。他妈走后，男生在原地低着头待了三分钟，转身跳下楼。当时走廊上站了些别的同学啊。这个母亲完全没有考虑到孩子的自尊。而且，处于青春期的孩子，本来自尊心就很强。

我想，在那个失去理智的时间点上，对于少年而言，生命已不是什么大事，尊严、颜面、清白、形象等东西的意义都大于活着、大于妥协。

一个女生也谈到了"尊重"："说到尊重，我认为这是中国的亲子关系中最缺乏的。我建议老师的这个填空题也可换成，爱不是一种什么。爱不是一种控制，不是一种绑架。有多少父母是以爱之名在践踏孩子的兴趣、梦想，美其名曰是为了孩子好。

今年高考成绩出来后，来自湖南省的留守女孩钟芳蓉的成绩排名全省文科第四，她最终选择了北京大学的考古学专业。有的网友隔空喊话，让她的父母去干涉女儿的选择。在央视《面对面》栏目中，她母亲说：'我们不懂考古系究竟会干什么。什么专业赚钱，我们也不懂。我们只能尊重她的选择，因为她有权利，去选择她自己喜欢的，因为她是一个有梦想的人，她要去实现她的梦想。'要是多一点这样的父母就好了。"

钟芳蓉的妈妈是有大格局、有大爱的妈妈。我一定要做这样的妈妈。

将这个填空题换成："爱不是一种_____。"这是一个体现了逆向思维的好建议。

此时，又有一位学生说："前面有个同学的答案是'爱是一种需要'。说到爱与需要的关系，这次的阅读书目《爱的艺术》中有一个观点，即不成熟的爱宣称'我爱你，因为我需要你'，成熟的爱是'我需要你，因为我爱你'。后者更像是一种对对方发自内心的欣赏、主动的、纯粹的爱，而不是出于一种条件交换。"

终于有学生提到了《爱的艺术》。弗洛姆不仅是心理学家，更是哲学家，这本薄薄的小书，予人启发的观点有无数个。我说："现在就让我们进入《爱的艺术》专场时间吧。"

一个女生说："前面有个同学谈到'爱是一种感情'，我认为如果只停留在感情层面，这种爱仍是肤浅。爱首先是一种感情，这样表达更妥当。在《爱的艺术》中提到了爱本质上应是一种意志行为：'爱上某人不只是一种强烈感情，还是一种决定、一种判断、一种承诺。如果爱仅是一种感情，便没有那种永远互爱的诺言的基础。感情可生亦可灭。'[①]

爱里边不应仅有感情，还有责任、决定和承诺这些严肃的部分。正是因为忽略了这些更深沉的部分，离婚率年年攀升。《从前慢》为何在春晚上'火'了呢？因为'车、马、邮件都慢，一生只爱一个人'，概括了我们的普遍奢望。我很敬佩老一辈人对爱情一心一意、从一而终的态度，他们即便在后来的岁月里邂逅了更知心的异性，也能进退有度和守护家庭，而不是一言不合就换一个。当然，也可以说当代人活得更解放、勇敢。我也不知道，这是属于时代的进步还是

---

① ［美］弗洛姆：《爱的艺术》，刘福堂译，上海译文出版社，2019年，第59页。

退步？"

爱，还是一个决定，一个承诺。这意味着，当你决定并承诺爱一个人的时候，不仅要像你所承诺的那样去爱这个人，还要对另外的人保持克制。爱，也是一种克制。从这个意义上讲，对孩子而言难道不也是吗？当他学走路时跌倒了，作为父母，你的本能是奔过去扶他起来，而克制是更难的事。但此时的克制会是更深的爱。因为，这是他必经的磨炼。

五

下课铃声来得太快。我照例做了总结，并铺垫了下一次课："今年三月，诺贝尔文学奖得主马尔克斯的《霍乱时期的爱情》出了中文版300万册纪念版，该版本的腰封上印着作者的话：'有些人说死亡是人类历史上最重要的主题，我不这样认为。我认为爱才是，因为万物都与爱有关。'我们今天的讨论，直指人类历史上最重要的主题，多么意义深长。

美国作家戴安娜·阿克曼在《爱的自然史》中说：'爱，多么渺小的一个词！我们却要用它表达一个涵盖广泛、影响深远的观念。'[①] 同学们对爱的诠释确实涵盖广泛，包括了亲情之爱、男女之爱、自爱等多种类型。

结合多数的学生来信，我最想说的是，无论你曾历经怎样缺爱的童年，怎样糟糕的亲子关系，请相信我们拥有极大的外塑空间和自塑能力。我们成年后上了大学、读研究生，

---

① [美]阿克曼：《爱的自然史》，张敏译，花城出版社，2008年，第2页。

远离过往之地，其实已摆脱了某些魔咒。我们见的世面愈来愈多，生命越来越辽阔，完全有能力重建自己的内心。待到成了家，完全可以打破原生家庭的模式，让我们的孩子在新的家庭氛围中长大。

一切的秘诀在于，只要我们肯去学习，学习如何去爱。我们在爱里，必然会受伤、会挫败，甚至痛苦。没关系，如果你在和另一个人的关系中从来没有过受伤，没有难过过，那说明你根本就没有在爱。未来我们爱学生的时候，同样有受伤的时刻。总之，与掌握其他技能的过程一样，就像去学习音乐、绘画、木工一样，爱也需要我们有相关知识并付出努力去学习。

最后，师爱作为爱的类型之一，它必然具有爱的一般特征，也有其独特性。这是下次课的内容。届时我会准备一壶好酒，请你们准备好故事。我们用故事下酒，为好观点干杯。祝你们佳节吉祥安康，代我向你们的爸爸妈妈问好。再见。"

下次的告别语要用"再会"，这样才像当地的吴语。掌声响了起来，在"小酒馆"的上空回荡着。

离开教室前，我用手机拍下了今天的板书，留存他们给出的形形色色的答案：

爱是一种感受/情感/体验/接纳/尊重/方式/信念/信仰/力量/能量/艺术/信赖/需要/信任/宽容/妥协/责任/担当/目光/放手/成全/习惯/追求/想念/牵挂/能力/修行/渴望/传承/救赎/感染/滋养/循环/陪伴/守护/境界/语言/承诺/病/药

眼睛在最后那两个字上停留一秒后，我走出了教室。爱既是一种"病",也是一种"药"。多么矛盾,又多么自洽。是哪部电影里说过恋爱是一种病,是"疯子才会做的事,是一种被社会认可的精神错乱"?是谁说过"深爱成疾,无药可医"?这群俏皮的大孩子啊。

下午,在办公室,收到一个女生的邮件:"听您讲课,虽是听课,但更像是感受一场生活与生命的洗礼。每个周一听完您的课,都让我觉得掸去了上一周心灵的灰尘,并为我种上了花期为七天的温暖之花。"

与以往不同的是,这次课我没有打开多媒体设备。没有了一张张课件从他们眼前闪过,牵着他们的鼻子走,他们就变成了主人,主导着课堂的走向与创生。每学期都应该尝试几次这样的无PPT课件教学。教学是留白的艺术。教书十年带来的领悟之一是:在课前,我要投入最多的不是制作出精美的课件,而是对教学内容的思考,是对学情的分析,是着力于如何使课堂成为一个充满情感交流、思想碰撞、智慧启迪的场域。

心里也有顾虑,今天的讨论是否跑题?好在下次课,我们会回到"教育爱"这个话题。

学生来信

亲爱的彭老师,您好!

很高兴在初入这所大学的第一学期和您相遇。每个周一的清晨，我和朋友或是拿着早餐匆匆跑进教室，或是还努力把自己从周末的状态拉回周一。我是常驻第一排的女孩儿之一，也是偶尔不听课的淘气小孩儿。

"亲爱的女孩儿、男孩儿们"，您的清晨问候从不缺席。虽然都是再平凡不过的点滴小事，但是通过这些事情，我能感受到您的话语是有温度的，您对生活是有热爱在里面的。我很感谢能够在一周的开始，和您邂逅，感谢您让我新的一周元气满满。

我能看到您眼睛里是有光的，那是我所羡慕的。所以我很好奇，您现在所从事的职业是不是自己热爱和倾注热情的？所以我也在常常思考自己应该要什么样的生活？

我想继续读博深造，这里边掺杂功利和热爱的双重性质。说功利是因为现在高校教师的任职资格迫使我追求更高的学历。说热爱，是因为我希望我能够在一种学术较为自由的氛围下将自己所学和学生交流探讨。

从热爱的角度来看，我羡慕学术自由的环境，也期待将自己所学和学生分享。但是当下的教育环境，即便是在较为好的学校，教师的双向互动的交流形式在实施过程中也存在障碍。加之学术压力、职业倦怠，我无法确定我为人师是否还能坚持初心。

很荣幸能成为您的学生。祝愿您以后天天开心，永远活出少女的模样。

崔同学，2020级职业技术教育专业

第五章　师爱的艺术
——让你有一千个拥抱生活的理由

开 场 白

亲爱的女孩们、男孩们：

早上好。相信通过国庆期间的休整，大家已活力充沛地坐在了这里。

每个周一的早晨，我们来这儿的路上，可能走着走着就会下起雨来，刮起风来，变了风云。虽有多变的天气，不变的是我们总能在这里见上。我不过是本校三千多名专任教师之中寂寂无闻的一个人，每个周一的上午来陪伴你们度过两小时。我感谢这样的因缘际会，唯有珍惜。

我们上次见面是上个月了，9月28日。算起来，这次我们有整整两周没有齐聚一堂。再次感受到因你们挨挨挤挤地坐着而带来的热闹气氛，再次见到你们青春洋溢的面孔，我格外开心。

上次上完课，在走廊，我们班一个女生从教室后门走出来，迎面跟我说："老师，我好羡慕你，你就是我想成为的样子。"我因去赶火车，只来得及跟她匆匆说了一句："千万别这么想。你会有更丰厚的人生。"实际上，在那一刻，我想深深地拥抱她,在她耳边说着:"加油。去痛快地'燃烧'自己,去人生的旷野中闯荡吧,尝试吧。"就像拥抱多年前大学时代的那个自己。

我也想对台下的你们说:"不必羡慕我现在所拥有的,我愿意用我现在的拥有来换取你们所处的年岁,重新再活过一次;我想要比这一次活得更具魄力,更遵从自己的本性。"人生该如旷野,而不是某条必须遵循的、按部就班的轨道。站在台上的这个人,她曾经热爱的,痴迷的,想要追逐的,要比她现在所从事的要广大得多。她得到了很多,但放弃了更多。可是,人生没法彩排啊,没法先打一个草稿,你度过的每一分钟、走过的每一步路都是算数的。深夜想起年轻时做过的那些蠢事、绕过的那些弯路、虚度的无数光阴,我也有悔恨到无法呼吸的时候。我常常迷茫,不知道自己是谁,要去哪里。我常常想得过多,但付诸实践的又太少。

好在,还有你们。你们散发的灼热气息在温暖我,也在激励我,我还可以与你们一起继续探索自我。在今天的课堂,请让我们继续一起绽放。

一

10月12日,新的周一。国庆假期过后的我们,要再次约会了。

国庆期间,一个学生发来了一封道歉信:"我是上周一上课时坐在第一排最边上的男生。因为非常非常喜欢老师讲课,所以就拍了一小段视频,然后就把您讲课的视频发在抖音上了，因为之前只有几个朋友和爸爸妈妈给我点赞，所以会偶尔发一些生活日常。很抱歉发之前没有经过您的同意。希望没有给老师带来不好的影响。"他之所以道歉，是因为局面有点"失控"，这条视频赢得了两千多条评论，粉丝则从几人涨到一千多人。

他向我转达了评论区的一些夸赞。我回复他说："这是你没有预料到的特殊情况，而我也觉神奇，就那么短短几秒钟的视频，人的面目尚看不清楚，在讲台上说了什么也一概不知，人们是如何得出'气质如兰'的结论呢？这是一个全民娱乐的年代，人们很快就会被新的视频吸引，也就忘了个一干二净。我不在意有多少人点赞，你们每一次课都来，就是最大的支持。"

没想到，过了两天，一个女生发来邮件，信末说："感谢学长的这个视频。一条条评论看下去，让我倍感自己要珍惜大学时光。我没想到自己所在的这所大学，竟是很多人十七岁时的梦。我要多读书多积累学问，不要辜负别人满满的向慕之心，要如你一般在台上熠熠生辉。"

每次收到这样的来信，直到如今仍觉自己平淡无奇的我，在母亲嘴里向来是"没混出个什么名堂"的我，是感动的。虽然中年后，对自我的认知已经趋于稳定，不会像年少时那样因别人的一句否定而陷入怀疑，也不会因一句赞美就飘飘然，但浅薄的虚荣心仍有残留。其中有一条评论，"她做母亲了吗？她的孩子一定很幸福"，我拿去给儿子看，他撇了撇嘴，不以为然。上次给他看一张学生绘我的肖像画，他直言不讳："你没有画上的那个人那么美。"童言无忌，学生们的话必然有言过其实的恭维。就当成他们对我的期待吧。

我穿了一件长袖白衬衫,米白棉麻长裤,赶往教室。我喜欢白衬衫的清洁感和专业感。"一年好景君须记,最是橙黄橘绿时",经过小学教室时,有小朋友正在大声读这首诗。这是三年级语文教材中的古诗。寒露时节,秋意渐浓,教学楼前小广场的银杏像是要泛黄了。

开场白算是对各种声音作了一个回应。我转入正题:"世界上的爱有千万种,上次课,我们探索了各种爱的'共通之处'。这次课,让我们从这些共通之处出发,进入'师爱'的讨论。老师对学生的爱是一种怎样的爱?你们曾得到过老师怎样的爱?你想要怎样被老师爱着?"

眼前的这群学生,以后会奔赴各处的中学、小学、职校等,我相信他们都带着对孩子的爱而进入教师这个行业。我们的心中都充盈着爱意,但少有课程教会我们如何去表达爱、传递爱。这一点关乎为师的能力与艺术。这实际上是一门为人师者终生都该修习的功课。

在苏霍姆林斯基眼里,这是他最重要的生活内容:"我生活中什么是最重要的呢?我可以毫不犹豫地回答说:爱孩子。"他还解释道:"教育者最可贵的品质之一就是人性、对孩子们深沉的爱,兼有父母的亲昵温存和睿智的严厉与严格要求相结合的那种爱。"[1] 无论父母之爱还是师爱,都是严慈相济、恩威并施,都是为了孩子最终能够独自上路,都是朝向自身的隐退,否则就会沦为溺爱。在《爱的教育》

---

[1] [苏]苏霍姆林斯基:《把整个心灵献给孩子》,唐其慈等译,天津人民出版社,1981年,第10页。

这本书中，有个教师尤其令我敬重的原因也在此。这位老师看到三四个学生聚在一处欺侮一个有残疾的、卖野菜人家的学生时，他大声呵斥："你们欺侮了无罪的人了！你们欺侮了不幸的小孩，欺侮弱者了！你们做了最无谓、最可耻的事了！卑怯的东西！"他的爱与憎，分分明明。他对学生深情款款，但也绝不姑息养奸。如果我们当今的老师和父母都能做到这一点，校园霸凌现象该会少一些。

关于师爱，我好奇着，学生们又会给出怎样的定义。

"师爱就是教师对学生由衷的鼓励。初中时，我经历了一件大事：爸爸和妈妈分开了。那种感觉怎么说呢，就像自己一夜之间长大了，我开始知道应该好好学习，为自己的将来做一些打算。第一次月考，我的成绩在年级倒数二百名。班主任鼓励我说：'你是从一个好学校里出来的，你的成绩肯定不止于此。加把劲儿，期中考试我要看你的表现。'果不其然，经过我的努力，期中考试我成功进入年级前二百，一次超越四百人。虽然过得很累，数学题很难，但是我第一次有一种自己的人生掌握在自己手里的感觉。"

这是来自英语师范的一名学生。教师对学生要多多鼓励，这绝对是常识。但如果做老师的对自己的言辞做一番检视，就会发现，我们常常吝啬对孩子的鼓励与赞许，吝啬给予他们"高期望"，尽管我们都知晓心理学上的"期望效应"（即皮格马利翁效应），尽管孩子们对鼓励的渴求就像植物需要水一样自然。因为，我们并不那么相信孩子。这个发言唤起了多位同学的共鸣。

"小学语文老师兼班主任，是一位严厉的女老师。有次讲解课文时,她问:'为什么傍晚的天边云彩会拥有深浅不一的橙红色?'在长久的沉默后,我的脑中灵光一闪,举起手说:'因为大地上的植物有颜色,太阳光将颜色折射到云朵上。'这样一个勉强和正确答案挨上边的回答,可能对于一个七岁的孩子而言已经不容易,她让全班给予了我整齐热烈的掌声,当时用的是有节奏的 AABBB 的鼓掌方式。那震耳欲聋的掌声,在我年幼的心中,第一次催生了自信的萌芽,我开始觉得自己还算聪明,在以后的课上,总是理所当然的举手。"

这位来自物理师范的学生对七岁时的课堂记得清清楚楚:老师问了什么问题,自己给出了怎样的答案,同学们是怎么鼓掌的。之所以记得确切,是因这种鼓励"第一次催生了自信的萌芽",让儿童对自我有了新的认知,并构成儿童发展的动力,也就是下面这位学生所说的学习最初的动力:"回顾我的小学生活,印象最深的便是一次课间,我头一次踢毽子踢出了最好的水平,班主任刚好路过,对我大加肯定。而在之后的一次考试中,我侥幸取得第一时,她送给我一个毽子作为奖励。那是我学习最初的动力。"

一个人完美的学习状态是他对知识本身兴趣盎然,享受探索和挑战的过程,发现了学习的意义,精神上有成就感,即具备了为学习而学习的、非功利的"内在动机",学习活动本身成为一种嘉奖、一个礼物;中等的状态是他需要依靠大量外在动力的驱使,例如为了得到物质奖励、在与同学的竞争中胜出,或避免遭到老师的批评、家长的惩罚等等;糟糕的状态是连这些外在动力也全然失效,并且日渐薄弱的胜任力会进一步消减他对学习的兴趣。

唯分数论的风气在破坏孩子对知识天然的好奇心，同时，老师的授课方式可能并没有激发出他的学习热情，有时甚至是扼杀，这些都导致孩子的内在动力不足；即便有一部分孩子喜爱学习，但往往还有其他更有趣的事情诱惑他们分心，使得学习仍是一种需要极大意志力的行为。这时，老师的鼓励，作为一种正强化，可以逐步培养起个体的学习兴趣和对行为的控制能力，帮助他们体验到自我满足感，而意义感的增加最终可能达成外在动机的内化。

来自服装设计与工程专业的一位学生说："小学毕业时，语文老师在我纪念册上写下，'你是我最骄傲的学生'。九个字之外，只有签名，没有其余的话。后来的学习生活中，我遇到过诸多不顺，每每心灰意冷要放弃时，只要想起这九个字，便觉得这世界上还有一个人对我有信心。既然这个人没有对我失望，那么我为何不再坚持一下呢？这九个字，足以鼓舞我一生。"

"你是我最骄傲的学生"，足以鼓舞她一生，也许这九个字并不仅仅写在她一人的纪念册上。还有一个学生忆及一位语文老师，她说："我很少遇见过像她这样真诚赞美学生的老师。有次作业，老师的评语是'字如行云流水，人如雪山晶莹'。"

往往，他们对于小学老师曾给予的鼓励，印象最深刻。年少的心，稚嫩而柔软，无论伤害还是温暖，都会被深深铭记。另一个受过伤害的学生回忆："小学二年级的数学课上，老师出了一道关于上街买菜时找钱的运算题，他点名让我回答，我没答出来。期末的家长会上，他当了所有家长的面点名批评我，说我长这么大了，连上街买菜都不会，真是太笨了。当时我的自尊心受到了极大的打击,也瞬间觉得给妈妈脸上抹黑了。我到现在都不能释怀。也正是从那时开始,我憎恶老师,开始扮演坏学生的角色,经常不做作业,上课捣乱,以至于同学们看不起我,我身边的朋友少之又少。整个小学期间我就没交到几个真心朋友。……我以前就在想,长大后我要当一名好老师,我要感染那些坏学生,我要给予他们信心。因为我深刻体会过坏学生内心的感受,那份想学好的渴望。"

鼓励的反面,就是打击一个学生,让他心灰意冷,甚至从此一蹶不振。很多学生都提到了那些曾"无地自容"的"屈辱"时刻。

"五年级时,我做错了鸡兔同笼题,数学老师当着全班同学的面说:'你这么聪明啊,回家喂猪肯定喂得不错吧。'经过这么多年的各种打击,那种无地自容的感觉或许已经不那么深刻了,但对于当时的我来说,那是天大的事。正是因为这个老师,我的数学成绩从此走向了下坡路,再没上升过,直到高中阶段。"

这是一位来自文学院的学生提到的。她说那是"天大的事"。

可见,不要"打击",要"打动"。如陶行知所说的"真教育是心心相印的活动,唯独从心里发出来,才能打动心灵的深处"。

二

"师爱是一种珍视吧。小学四年级时,班主任有次叫了几个同学帮她整理办公室，我在其列。教师节刚过没几天。我拿起墙角的一摞贺卡去问：'老师，这也要扔掉吗？'老师点点头：'扔掉，扔掉。都没用了。'从此，我再也没有向她送出过卡片。"

作为一种珍视，这一点和其他形式的爱是共通的。在和家人、友人的交往中，我们也都希望能得到对方的珍视。就教师而言，他当是坚信学生各具其才，珍视受教育者的自由、尊严、身份与价值；同时，他将学生作为一个平等的交往对象，珍重两人交往之中的"痕迹"。这令人想起《爱的教育》中令人动容的一幕。小男孩安利柯跟着父亲去拜访八十四岁的克洛赛谛先生（安利柯父亲的小学老师），竟发现老先生还保留着父亲四十年前的听写成绩纸张。老先生说："你看！这是我的纪念品。每学年，我把每个学生的成绩各取一纸这样留着。其中记有月日，是依了顺序排列的。打开来一一翻阅，就追忆起许多的事情来，好像我回复到那时的光景了。啊！已有许多年了，把眼睛一闭拢，就像有许多的孩子，许多的班级在面前。"[①] 老先生记得四十年前的这位学生得过喉痛，记得他坐在教室的窗口左侧，记得他微微蜷曲的头发，记得他那位温柔的母亲。

教学是一种特殊的认识活动，也是一场人与人之间的交往。交往本身就蕴含着丰富的教育意义。当我们若真的把儿童当成一个平等、独立的个体去交往，我们就会珍惜与儿童的相遇，去了解他们的喜好，去记录他们的只言片语，去收

---

① ［意］亚米契斯：《爱的教育：名译插图珍藏版》，夏丏尊译，上海译文出版社，2016年，第150页。

藏他们的某些举动，例如某张手写的卡片、一幅赠你的小画、一篇写你的作文等等。

"一篇写你的作文"，源于我想起了一个艺术学院的女生的故事。她在语文课上作过一篇作文，是写给当时的英语老师的。她说："'如果可以，想您当一回我的妈妈……'这是我当时作文的第一句，如今回头看，语句太笨拙，现在我会写得更优美，只是我的心声不会变。想来可笑，当时写完，我不知道语文老师会放到学校网站上。我傻傻地以为英语老师还不知道，并且希望她永远不要知道。为此我还得意了好久，希望自己只是默默无闻就好。后来才知她当天就知道了。直到艺术考试前一天晚上，我收到她的信息：'我的开心果，我的女儿，我知道你一定不会让我失望的，好好考试，我会为你祈祷加油的！'止不住的泪珠在我脸上飞舞，原来她知道，原来她早就知道了，大家都没跟我说过。"

能让这个女生动了换妈妈念头的英语老师，必定是一个有爱的老师。她收藏着这个孩子写下的作文，在合适的时机里给了回应。

师爱是对"痕迹"的珍而重之，这样类似的发言，我以前也听过。之所以我说，学生在教会我如何去爱，正是在他们的提醒之下，这些年来，我也学着将他们在课程结束时赠送我的卡片、某张感谢的小字条、学生从遥远的贵州老家向我发来的照片、美术系的学生递来的我的肖像画、在拉萨支教时寄来的明信片、一封手写的长信等等，用一个大盒子专门珍藏起来。这是岁月的一份厚礼，当我老了，我要在阳光下打开盒子，戴着老花镜，一张一张地端详。

"在《爱的艺术》中,弗洛姆认为,所有形式的爱常常包含着共同的基本要素:关心、责任、尊重和了解。我认为,师爱能够做到这四点,就足够了。紧接着的下一段,弗洛姆具体谈到了'关心',让我借此反省了自己。他说:'爱是对所爱对象的生命和成长的积极关心。哪里缺少这种积极关心,哪里就根本没有爱。'[1] 以我为例,我似乎很爱花花草草,但实际上我缺乏持续的耐性去照料它们,既不去了解并记住植物的生长习性,胡乱浇水,也懒得去松土或施肥。我买的花草通常都撑不了多长时间,阳台上总剩下一堆空盆。按弗洛姆的说法可以断定,我并不爱植物。"

这个学生所爱的"植物",只是一个结果(成品),爱的是别人拍的那些关于花草的文艺美图。弗洛姆谈到:"爱的本质是为某物而劳作,促使某物成长,爱和努力是不可分的。你爱你为之努力的东西,同样你为你所爱的东西而努力。"当我们不愿意为花草去劳作,不愿意为它们的成长付出努力,这种爱就是虚情假意的。师爱也是如此。如果一个老师对学生缺乏这种贯穿于过程之中的关心和支持,他的爱就不存在。

如同上一次课一样,我说:"你们终于又提到弗洛姆了。""除了对'关心'这一要素的阐述,弗洛姆对其他要素的解释,有没有让你们从中得到启发?"我引导说。

有学生说:"弗洛姆对尊重的理解,给了我启发。他说:'根据词根来看,尊重表明按其本来面目发现一个人,认识

---

[1] [美]弗洛姆:《爱的艺术》,刘福堂译,上海译文出版社,2019年,第30页。

其独特个性。尊重意指一个人对另一个人的成长和发展应该顺其自身规律和意愿。让被爱的人为他自己的目的去成长和发展，而不是为了服务于我.'尊重仅存在于自由的基础之上。我认为，师爱或父母之爱中，很容易缺乏这种对儿童的独特个性、自身规律和意愿的尊重。"

如法国歌谣所吟唱的："爱是自由之子"。爱绝不是支配的产物。但是，我们对儿童的爱，爱的通常不是儿童的本来面目，爱的是某种打造出来的幻象，是想象中的儿童。这种尊重，常含有"支配"之意，试图去左右儿童使之发生改变以符合我们的期待。后果是，"孩子们并没有表现出相信他们已被人爱的那种幸福。他们焦虑、紧张，害怕母亲的责难，急于实现母亲的愿望"①。

三

我正想往别的方面引导时，一个女生举起了手："有关弗洛姆带来的启发，他所说的爱的基本要素之一'了解'，在师爱中也很重要。《放牛班的春天》这部电影里，马克桑斯老先生因学生的恶作剧而眼睛受到重伤，他谅解地对一旁的孩子说：'他是好孩子，需要被了解，仅此而已。'他洞察到了学生希望被了解的需求。而马修老师，在讲台上说，'为了更好地认识你们，我要你们在一张小纸片上写下自己的名字、年龄，还有你们将来想从事的职业'，出乎意料，

---

① [美]弗洛姆：《爱的艺术》，刘福堂译，上海译文出版社，2019年，第65页。

这样一个混乱的班级变得安静，所有人都认真地书写，学生们想从事的职业真实而滑稽：驯虎员、亡命徒、间谍、热气球驾驶员等等。教室在那一刻能静下来，正是因为这群被认为无可救药的孩子感受到了一种被了解。"

马修老师不仅有了解他们的行动，还认同他们是有梦想的。他们渴望被了解。在小学低年级，课堂不良行为的背后，常是为了寻求关注，是想让老师再多了解他一点。

做一个好老师，意味着你对人一定要感兴趣，对人的心思感兴趣，并且，对一届一届的学生都保持了解的欲望。你可能说：我都教十来年了，学生们不都那样？不是的。同届的学生与学生之间不一样，一代一代的学生也不一样。我现在教的本科生都是2000年以后出生的，他们生于21世纪，而我生于20世纪，每次上课都是一场跨世纪的对话啊。

"了解"的重要性在于它是爱的前提。倘若没有了解，爱就是盲目的。有些偏见正是来自不了解。对一个人的了解有深有浅，深层次的了解意味着触及对方的精神需求。

这时，一位学生对"看见"发表了见解："我认为师爱是一种同等的'看见'。上回彭老师提到的雅斯贝尔斯思想的汇编本《什么是教育》，这本书的开篇写着：'现行教育本身越来越缺乏爱心，以至于不是以爱的活动——而是以机械的、冷冰冰的、僵死的方式从事教育工作。'[①] 我就联想到，现行教育中的'分数至上'将学生分成了三六九等，阻碍了不同的学生得到老师同等的爱。

---

① ［德］雅斯贝尔斯：《什么是教育》，邹进译，生活·读书·新知三联书店，1991年，第1页。

我就属于被忽视的那部分学生。我上课从不举手，但是我仔细地听着老师的每一句话，小声地回答每一个问题；我上课从不请假，作业从不少做，永远按时提交；我也从不做违反校纪校规的事情。可能就是由于这样，我被很多老师忽略了。老师关注成绩好的同学，可是我的成绩中等；老师也会注意调皮捣蛋的同学，可是我一直表现得很听话。我走到哪里都像一个小透明。我的内心很复杂，我喜欢没有人关注我，但是我又想变得耀眼。"

"看见"这个词的出现是惊喜的，这也是我刚刚想引导的方向。"你们之中还有多少人像她这样，常常处在同种'复杂'的内心活动中？"举手的人不少。有一位女生发言："我从小就是一个平平无奇的女孩，长相平平，家境普通，学习在很长时间里也并不拔尖，又自卑内向，几乎是一个在老师与同学眼里'真空透明'的女孩。可是，虽然低到尘埃里，我也希望得到老师的关注。只是，我的努力很少被人看见，光芒总在他处。"

还有学生说："从小我就是斯斯文文的性格，老老实实、安安稳稳，既不是老师看好的尖子生，也不是老师照顾的后进生，是老师最容易忽略的中等生。"

我们的老师有爱，但爱容易给"小天鹅"，却忘记了"丑小鸭"；容易给优等生或后进生，而忽略了中等生。对一部分学生的"偏爱"直接导致的后果是另外一部分学生的"缺爱"。你的偏爱，可能让某些原本自卑的学生认为自己不配被喜欢，让那些被偏爱的学生自视甚高，甚至恃宠而骄。而且，学生是很容易捕捉到你的偏爱的。

师爱与父母之爱同为"代际之爱"，体现出上一代人

"为下一代人好"的善意，其差异之一在于，师爱蕴含着一种博爱的情怀，不是爱某一个或几个孩子，而是爱所有的孩子，是普遍之爱。也就是"有教无类"，无论学生是来自富贵或是贫贱之家，是聪慧、笨拙，是淳朴还是顽劣。有个学生谈到的英语老师就做得很好，那位老师对于班里的尖子生，连考几次满分但假如态度不端正，极有可能在课上被批评数落一顿。基础差的学生，如果拼对了一个复杂的单词也会受到夸赞，并赢得全班同学的掌声。

还有一个学生也是幸运的："我比较幸运，属于那种虽然毫不起眼但被老师'看见'了的学生。从农村小学来到市里最好初中的我，自卑内向，与新集体格格不入。某天下午放学后，班主任邀我一起去食堂。吃饭时，她问：'你最近是不是不太开心？你课间都是一个人坐在座位上，班级活动中你也没有与他人互动。'当时我只是摇头，她没有继续追问。随后她说：'你上次语文月考成绩不错，平时上课也很认真。愿意当课代表给我帮帮忙吗？'我的第一反应就是拒绝。她说：'我知道你在担心什么，但我相信你能胜任。要不你先尝试一下，如果觉得不行就不做了，好吗？'我答应了。刚开始时，我连上讲台和同学们说一句要收语文作业都会紧张得手抖。后来次数多了，我不再那么紧张，也适应了新集体，成绩也在上升。这是我人生历程中的一个转折点，她是我遇到过的最好的老师，也是我的榜样。倘若没有她看见那个自卑至极的我，我不知今天会怎样。"

当我们在谈论"鼓励""关心"和"了解"这些词时，实际上就是在谈论"看见"。你只有"看见"了，才会去鼓励，去关心，去了解。什么叫作"看见"呢？白幕上，是来自德国心理治疗师伯特·海灵格（Bert Hellinger）的一段话：

> 当你只注意一个人的行为，
> 你没有看见他；
> 当你关注一个人行为背后的意图，
> 你开始看他；
> 当你关心一个人意图背后的需要和感受，
> 你看见他了。
> 通过你的心看见另一颗心，
> 这是一个生命看见另一个生命，
> 也是生命与生命相遇了，
> 爱就发生了……

四

最末一部分，我将讨论转入"师爱的意义与价值"。

"英语老师就像慈母一般，把扣在我头上的穹顶敲开了一个裂缝，那也是光照进来的地方。我真的很幸运，能遇到这么好的老师，能看到作为教师的她最美好的样子，以及未来自己做教育应该有怎样的情怀。受她影响，高考后我选择了英语师范这个专业。如今，我专心学习着最爱的英语，并希望在未来成为一名像她一样的老师。"

英语师范专业的女孩，将来自当年的英语老师慈母般的关怀娓娓道来。类似的发言，我以前也听到过。选择物理师范专业的学生，不过是因为在中学时遇到了一个自己敬慕的物理老师；选择数学师范专业的学生，有不少在中小学曾是数学科代表，与数学老师私下交往最多。但凡一个学生把成为一名好老师当作人生志向，大抵是因为曾得到过一位或几位老师足够的关注。这些老师既是经师亦是人师。于是，学生也想成为如此热忱的人、给他人带来希望的人。

对于受教育者而言，当拥有被爱的体验，或爱的需要得到满足，他们获得的不仅是自身的心理健康，还有爱的能力和品质，甚至他们未来是否从事教师职业也受此影响。

对于教育者而言，当我们能够响应学生对爱的需要，当我们能够给予爱，这正是我们生命活力的表达，是个体人格的整体展现，是个人潜能的实现，我们由此获得幸福感。我们在激活自己生命活力的同时，唤醒了学生的生命活力，建立起了学生对世界的信任、对学校生活与未来发展的信心。

至此，师爱应是达成一种彼此成就，是让彼此都相信有一千个拥抱生活的理由。

爱是一种信仰。我信仰爱，虽然爱的力量有其限度。其有限性在《爱的教育》中有所体现，那个叫勿兰谛的孩子，在别人伤心的时候，他一心想着嘲讽别人；母亲跪倒在校长面前替他求情，他无动于衷；老师在他身上没少下过功夫，最终都不得不心灰意冷。不是每一个人都可以用爱交换爱，用信任交换信任。不是每个孩子都可以被感化，"爱"的教育并非无所不能。即便爱的力量有限，我仍然相信爱。想想，很多人所信仰的上帝又何尝是无所不能的？

人终归是爱的动物，而不是仇恨的动物。爱是人性的构成性要素。中国台湾画家、作家蒋勋，有一次，一个员工请教蒋勋，自己五岁的女儿将来是学钢琴还是小提琴好，蒋勋首先建议的是23点下班的他多抱抱女儿比较重要。因为，

"所有的艺术讲的都是人的故事,一个孩子如果不记得父亲的体温,她将来看画、听音乐都没有感动。如果没有人的记忆,所有艺术对她而言都只是卖弄而已……工作忙碌之余,你还是一个人,你必须每分每秒提醒自己回来做'人的部分'"。我认为,蒋勋所谈到的"人的部分",就是人作为情感动物的那一部分,就是要有爱。

教育的根本目的在于"成"人,它所造就的人必然应该是成熟、自由、善良且有爱的人,否则就是对人之规定性的背离。

愿我们都能深情地活在这个世间,能去爱,也被爱,在爱中找到生命的落地感,给此时此地的生活以归属感,并赋予生命以意义和价值。

铃声响过后的掌声里,我能感觉到,不仅有对师生合作的自我表扬,还在传达一种爱的力量。[1]

学生来信

亲爱的彭老师:

中秋节吃了什么馅儿的月饼呢?虽然这几年出了好多意想不到的月饼,但是在我心里鲜肉月饼和莲蓉蛋黄月饼永远是最好的。

---

[1] 对于教学主体(即教师和学生)这一专题,我们的讨论还涉及教师的其他素养、学生的特点等方面,我仅在本书中列出了有关师爱的部分。

好久没有给老师写信了，可能是因为前一段时间家里有一些小的低谷吧，一段时间都没有调整好状态。爷爷的脑海中有一块"橡皮擦"，奶奶因此变得非常焦虑，家中有一些混乱。那时候才真正意识到老人的健康是一个家庭的福气。反正在经历了一些波折之后，大家都做出了一些努力：爷爷不再固执，开始配合治疗；奶奶愿意暂时忍受和爷爷的分离；爸爸开始主动承担一些责任；我呢，每天跟奶奶打打电话，聊聊彼此的生活，用奖学金给奶奶买新衣服，周末去陪陪爷爷，给他买些好吃的，做些能做的……总之，有些事情是不可逆的，时间的确能冲淡一切，但是我也认为，爱能治愈一切。

我和几位成绩靠前的同学成为很好的朋友，我们在竞争中，达成了"我们要互相成就"的共识，我觉得这是比"保研成功"的结果更加重要的。所以，当小煜勾着我的肩膀说："你不要焦虑，往前冲就好了"；芷莹在和我一起从文综楼回宿舍的路上对我说："一切都会是最好的安排"，这样的时刻，我被治愈了。

刘同学，2018级教育学（师范）专业

第六章　作为流水线上的批量产品
——将自己回炉再造一次

开 场 白

亲爱的女孩们、男孩们：

早上好。推开教室门，有满满一屋子的人在等候，这是做老师的幸福。

此刻，教室里混合着豆浆、肉包、糯玉米和茶叶蛋的味道，是我所熟稔的清晨的教室里独有的味道，中国式早餐的味道。谢谢你们大清早赶来。手中的鸡蛋饼若凉掉后再吃就不香了，拎着早餐的同学们，就边吃边听我讲吧。

国庆过了，校庆过了，院庆过了，一切时间都在过去。昨天的重阳节，有没有邀上几位好友登高踏秋？我去了城郊的乡村，金黄的田野从眼前铺到天际，令人想起凡·高创作的布面油画《收获的景象》。凡·高在这样的秋天里，会整日绘画，根本停不下来。对于自然的情感如此强烈，以至于他说："你画的时候根本不觉得自己是在画画，有时就是一笔接一笔地流淌而出，就像语言或书信里连贯起来的文字一样……"①;他跟远方的友人写信:"我想告诉你现在正是美妙绝伦的秋天,我在画很多风景画,也已经画好了一些,包括一棵全部变黄的桑树,长在石头地面上,在蓝天衬托下格外耀眼。"②

秋天短暂,而我们正处于秋天的最后一个节气"霜降"里,霜降过完,冬季就将来临。待我们下周再见面时,将是 11 月。让我们珍惜所剩无几的秋日。每次课之前,我好像都会提醒同学们各种时间的节点,白露过了,寒露到了,气温怎样了,植物有何变化,是想让同学们从天文或物候中清楚地感知时间的流逝,由此珍重光阴。江南四季分明,请让身体始终保持一种敏感。

另外,上周已有同学在问我期末作业写什么,说是期末要写的论文总是太多,忙不过来,想早一点开始写。这份心情我能理解。但还没到期中的阶段呢,过几周我才会告诉大家,暂别追问,这让我觉得一段关系才刚刚开始,就想着该如何结束了。

打足精神吧,我们的课马上开始。

一

十月已到下旬。七点左右从家出发。仍是那件香槟色衬衫,只是加了一件驼色针织背心;配驼色针织裙,米色跟鞋。我喜欢这个色系,是大地的颜色,令人想到沙漠的苍

---

① [美] H. 安娜·苏:《梵高手稿》(典藏修订版),57°N 艺术小组译,北京联合出版公司,2018 年,第 250 页。
② 同上书,第 321 页。

茫、岩石的坚韧。

最近都是秋高气爽的晴好天气。学校刚举行过120周年华诞的庆典活动。校园里设计了若干处打卡地，路过图书馆前大草坪时，几个女生朝我招手："老师，你要不要也来一张？"我快步上前，她们欢呼起来。与她们的青春合个影吧。

走进教室，打开多媒体，我先播放了音乐。学生三三两两地进来。说不定哪天就播放几曲T台走秀的配乐，让他们走着台步自信霸气地进场。

新专题的名称是"教育目的与教学目标"，逻辑上是从宏观到微观层面，即从国家层面上的"教育目的"到教师教案上的"教学目标"的设置。内容涉及对抽象的教育目的（教育应当培养什么样的人）的讨论、教育目的系统与层次、以布卢姆为代表的教学目标分类理论、我国基础教育阶段教学目标的变革轨迹、如何叙写教学目标。

我说："教育的根本目的在于培养人。如果说前面的专题是在探讨'培养人的人应该是什么样的人'，那今天则要开始讨论'教育究竟要培养什么样的人'。"

我呈现了关于"教育目的"的两个定义：其一，教育目的是把受教育者培养成为具备一定社会所需要的人的质量与规格；其二，教育目的是教育主体对于教育结果的观念预期。接着问："你们喜欢哪个定义？"

"喜欢"这个词并非随口说说，而是我有意而言之。看过一则材料，讲美国一所小学的阅读课上，老师的首个问题是："这个故事里面，你最喜欢谁，最不喜欢谁？为什么？"这个提问让我心动，决定以后也要问一声他们的

"喜欢"。我还使劲回忆过，从小到大，好像从来没有哪位老师在课堂上问过我们的"喜欢"。例如，"《小马过河》这个故事里，有老马、小马、松鼠、老牛，你们最喜欢谁？最不喜欢谁？为什么？"在我的学生时代，没有老师这样问过。不论你是否喜欢，这就是你要学的东西。你的喜欢，不值一谈。而我想知道眼前这些学生的爱憎，他们的立场与态度。

另外，当你问"喜欢"，总是容易让人说出点什么。努力去引起学生的学习意向，是教师的职责。这正是自学和在教师指导下学习的区别之一。当自学时，没有人有目的地激发他们学习的动机、帮助他们理解学习的内容、及时评价他们学习的效果。所以，教学的定义之一是"教师引起、维持或促进学生学习的所有行为"。

有学生表达了对第一个定义的喜欢，因为更有实体感、更具操作性，而第二个定义过于含糊。也有学生持不同看法，说道："我喜欢第二个定义。第一个定义中的'质量''规格'是把学生当成流水线上的批量产品来看待，尤其'规格'让我想到同样的尺寸、轻重、纯度、精密度、性能等；'社会所需要的'是一种社会本位论，在这里，个性以及个体的需要与价值完全被忽视。"

第一个定义里，常用于制造学和物理学中的"规格"一词，体现的是现代科学对数量的迷恋，是主流的理性观念在社会科学中的渗透。精确的数字诚然可以减少主观性，也能用新兴的统计工具加以处理，但教育对象的复杂性，是否可以简化为数字？教育对象的丰富多样性，是否可以还原为量？是否可以被置于同一标准或常模之下？

我喜欢第二个定义,还在于它提供了一个更大的阐释空间。"教育主体对于教育结果的观念预期",教育主体是多元的,可以是学生、家长、教师和国家。从学校教育实践来看,学生是教育的主体,他们希望通过学校教育成长为怎样的人?作为教育服务购买的一方,家长对孩子的期望是什么?教师作为教书育人的主体,期冀培育出什么样的人?国家作为公立教育经费的大部分承担者,对人才有何要求?

为了打开学生的思路,我从第二个定义出发,抛出了今天的主议题:教育应该培养什么人?选择其中一个教育主体来思考。譬如,作为一个在校的学生,希望通过教育,帮助你成长为一个什么样的人;作为未来的教师,你想培养出什么样的学生;当你以后有了自己的孩子,作为家长,你希望他通过教育成为什么样的人?

一个瘦瘦小小的女生说:"我希望学校能培养出一群目标明确的人。不一定要有远大目标,但是要有目标。我现在就是一个没有目标的人。一个受了十几年教育的人,竟然没有自己的目标,真是一种悲哀。在我看来,考一个什么样的中学、大学,这不算目标,目标就是你未来想要成为什么样的人、想追寻一种怎样的生活、想实现怎样的人生价值。有了目标才有方向和动力,才不会像无头苍蝇那样乱撞。我的父母都是农民,记得小时候看着我妈早起喂猪食、做饭、洗衣服,像个男人一样在烈日下做体力活,天黑时才从田地里回来,衣裤上沾满泥,每天就重复着这些农活。她的双手总是粗糙的,就像她粗糙的生活。虽然她忙着照顾老老少少,却还是被所有人嫌;她节衣缩食,精打细算,想买件自己喜欢的衣裳要盘算很久。我那时有一种模糊的愿望：将来不要留在这个村庄，不要成为我妈的副本。我一直知道，自己不想成为怎样的人，自己要逃离一种怎样的生活。但我从来不知道，我究竟想成为怎样的人、要过怎样的人生。"

她的声音纤弱，中途我示意她提高音量，而没有走去她身旁。她的嗓音逐渐清亮。看得出来，她鼓起了十二分的勇气。遇到羞怯的学生，我若走过去，只会让我听清而已，而她的声音需要被所有人听到。

这个女生的发言很坦荡，在她这个年纪时，我在众人面前根本不具备这样剖析自我的勇气，内心也比她更混沌，而她早已开始了生命的醒觉。目前没有目标没有关系，从现在开始找寻，一点都不晚；他们来到了这里，有了一个不错的起点，比起他们的母亲，拥有更多选择的余地，完全有能力去追逐自己想要的生活。

二

"在刚刚经历高考之后，我曾满怀热血地写过：教育不是要把人学死，而是要让人懂得怎么活。上了大学后，我认为教育要塑造灵魂、完善人格，真正的教育应该把人培养成适应社会的人，心智成熟、心理健康的人。教育不是流水线，它首先应该是指向真善美，培养美好、善良的人，塑造个性品质，其次才是知识的教育和能力的提升。"

这位学生强调"教育不是流水线"，应先培育人的品性，其次才是知识和能力。下面这位学生也谈到了人格：

"我读完了老师书目里的《爱的教育》,也查阅了译者夏丏尊的履历,并借了一本《夏丏尊教育名篇》。我认同他书中的观点:'真正的教育需完成被教育者的人格,知识不过人格一部分,不是人格的全体。'他指出,当时的学校教育中,教育者与被教育者的中间只有知识的授受,毫无人格上的接触;简直一句话,教育者是卖知识的人,被教育者是买知识的人罢了。"

教育要达成人格上的影响,首先对教育者的人格提出了要求。只有富于人格魅力的老师才会让学生心悦诚服,受到熏染。

刚刚两位学生都强调了教育首先要指向人格,其次才是知识传授。而我对教育的第一个期待是:养成健康体魄。

毛主席说过:"文明其精神,野蛮其体魄。"健康是人生所有的根本。数据显示:中国青少年体质连续 25 年在力量、速度、爆发力以及耐力等各项身体素质方面发生下滑,近视眼和肥胖的比例不断上升。青少年的体质好坏,直接关系到国力兴衰。这应该是一个体育课为王的时代。

"若真是'体育课为王'的时代,那就好了。我曾去过一个小学,孩子们吐槽体育课被取消的原因形形色色:'操场有积水''天太热''有雾霾''体育老师出去做裁判了,改为英语课''体育老师生病了,请拿出数学书'。"这位男生也说出了我作为一名家长的心声。想起老舍写于 1942 年的一封家书:"济(舒济,老舍长女)与乙(舒乙,老舍长子)都去上学,好极!惟儿女聪明不齐,不可勉强,致有损身心……只要身体强壮,将来能学一份手艺,即可谋生,不必非入大学不可……我的男孩能体健如牛,吃得苦,受得累,我必非常欢喜!"① 他嘱托妻子带他们多游戏、多玩耍,不可揠苗助长。"体健如牛"也是我对孩子的祈愿。

这时,另一位学生说:"说到底,就是培养德智体美劳全面发展的人。前面的同学已说完'德''智''体',我想说说'美''劳'。从小到大,我就没上过几节音乐美术课。这些课只是写在用于应付检查的课程表上。学校里没有乐器,更没有专业师资。我认为,教育不必培养出一批音乐家、画家,只要教会我们懂得享受好音乐,懂得欣赏一幅画,灵魂就必定更有趣,生活也更有品位,而下一代也会受到艺术熏陶。我最近买了一本约翰·艾迪玛(John Idema)的《如何参观美术馆》,就是想恶补一下。

城市里的美育比农村好,但劳动教育这块,农村更强。我仍记得少年时在田地里收割水稻的情形。不像北方是平原,可以用机器收割,南方是分散的梯田,全靠人力。太阳晒着,腿累得在泥水里根本迈不动,非得把一块地收割完才能回家,还得把谷子扛到公路上。我在外面吃饭,从不剩饭,因为每一粒米不知浸透了多少汗水。另外,劳动教育还有一个价值,就是能锻炼一个人的意志力,不会轻易叫苦说累。不过,我现在回老家,很多小孩子也都娇生惯养,不会干农活了。"

我频频点头,朝这个男生投去赞许的目光。烈日下收割水稻,天蒙蒙亮去插秧,日暮时挑水浇灌菜苗……正是那些田间地头的流汗出力,溪边河畔的风吹日晒,让一个人深爱泥土、敬畏自然,珍惜粮食蔬果,笃信双手之力,尊重底层

---

① 老舍:《家书一封》,载1942年4月《文坛》第二期。

劳动者。

2020年3月，国务院已发布《关于全面加强新时代大中小学劳动教育的意见》，提出要根据各学段特点，在大中小学设立劳动教育必修课程，系统加强劳动教育。不论会落实得怎样，即便仅是增强一下全社会让孩子参与劳动的意识，也是大有裨益的。生养于水泥森林中的孩子，如温室的花朵，是格外需要劳动历练的。如果一个孩子在家中，学会了分担家务、照料自己；在劳作中能克服困难，习得耐心细致，领悟来之不易，亦能享受劳动带来的甘甜与乐趣，他就具备了一种叫"劳动素养"的东西。这将是一份受益终生的礼物。

我在异国有过旅居经历，深感一个人只要掌握了各种劳动技能，无论侨居何处，都可以过上心之所向的生活。不必满大街去找中餐馆，自己就可烹饪出美味佳肴；可将居室拾掇得整洁清新，让阳台总是绿意盎然，把衬衫熨得平整有型……也应该让我们的孩子们体会到劳动的种种好处。

三

另一位学生说："这次课老师的书目里有怀特海的《教育的目的》，他谈到：'我们的目标是，要塑造既有广泛的文化修养又在某个特殊方面有专业知识的人才，他们的专业知识可以给他们进步、腾飞的基础，而他们所具有的广泛的文化，使他们有哲学般深邃，又有艺术般高雅。'[①] 教育应

---

① [英]怀特海：《教育的目的》，王立中译，文汇出版社，2012年，第1页。

该就是培养又博又专的人,一方面能有一个宽广的人文素养,另一方面有一技之长以谋生。"

德智体美劳都谈到了,连怀特海也搬出来了。但是,对于当今时代对人才的其他要求,仍没有被提及。我引导道:"新中国成立以来,我国的教育方针一直是'教育必须为社会主义现代化建设服务,必须与生产劳动相结合,培养德智体等方面全面发展的社会主义事业的建设者和接班人'。你们是如何看待这个方针的?"

有学生回答:"这个方针似乎是要将有个性、与众不同的学生培养成像模板一样整齐的群体,或者说将学生培养成专为实现某个特定的、集体的任务而存在的'工具'或'手段',避而不谈每个人的个性发展。将一个共性的任务作为教育的目的,这是不够人性化的。"

学生口中的"工具"和"手段"二词,让我想到康德的一个哲学命题,即"人是目的"。康德在书中反复阐述了这一点:"人,实则一切有理性者,所以存在,是由于自身是个目的,并不是只供这个或那个意志任意利用的工具;因此,无论人的行为是对自己的或是对其他有理性者的,在他的一切行为上,总要人认为目的。……这个原则的根基是在于:有理性之物是以自己为目的而存在。……因此,实践的令式如下:你须要这样行为,做到无论是你自己或别的什么人,你始终把人当目的,总不把他只当作工具。"[1] 在教育领域,"人是目的"意味着要珍视个体的

---

[1] [德]康德:《道德形上学探本》,唐钺译,商务印书馆,2012年,第45—46页。

尊严与内在价值，提供最大限度适合个体的教育。

又有学生说道："'接班人'的提法更多指向'继承'和'听话'，而不是'创造'。我们重视的是知识的传承，也就是记诵，追求标准答案，学生习惯了不加质疑、全盘接收，其结果就是缺乏批判性思维能力。而只有那些具备批判性思维的人，才能创造知识。我们在很多领域尤其是科技方面的创造力弱于欧美。并不是我们天生就创造力弱，而是创造的潜能过早地被限制和扼杀了。"

当小学生写下"月亮像弯弯的香蕉"时，我们是否会苛求一个标准答案"月亮像弯弯的小船"？这个学生谈到的"创造力"和"批判性思维"，无疑是我国教育的痛点之一。

我借此解释了一下"批判性思维"。因为翻译的原因，有些学生看到"批判"这个词，以为就是批评、指责、否定之意，但实际上它更多指向一种审辩式、思辨式的评判，多是建设性的。它不是无谓的争执，不是恶意臆断，不是非黑即白，也不是偏执自负。

如果你对知识不是照单全收，而会在理解的基础上提出疑问，并能去寻找证据、分析推理，最后做出有说服力的解答，这就体现了一种批判性思维。所以这里还涉及一种最基本的科学素养，就是有证据、有逻辑、有条理地作出自己的解释和判断。也就是胡适所讲的"无论是在科学上的小困难，或者是人生上的大问题，都得严格地不信任一切没有充分证据的东西：这就是科学的态度，也就是做学问的基本态度"。

19世纪英国教育家约翰·亨利·纽曼在谈到大学教育的目标时，他写道："这种教育使人能够有意识地看清自己的观点和判断，给人以发展自己观点和判断的真理、表达自己观点和判断的口才和强调自己观点和判断的力量。这种教育教会人实事求是地对待事物，直截了当地切中要害，干净利索地理清纷繁的思绪，明辨诡辩的成分，扬弃无关的东西。"[1] 大学教育的使命之一，正是培养学生的批判性思维能力。

据说犹太人小孩回到家里，家长不是问"你今天学了什么新知识"，而是问"你今天提了什么新问题"，甚至还要接着问"你提出的问题中有没有老师回答不出来的"。他们对孩子批判性思维的训练，从小就开始了。

在当今，从学术研究到社会生活都需要批判性思维。在海量的信息面前，每个人都需要谨慎地甄别信息的来源，不轻易受到权威人士的误导、舆论的煽动、表象的迷惑，不做情绪化的乌合之众，而是能对事件进行理性的、独立的思考。其实这就是古人所说的"博学之，审问之，慎思之，明辨之，笃行之"。

教育，促人成长，但在某种意义上，也是一种雕刻，一刀又一刀，把一个个鲜活多样的个体生命，以同一个标准雕刻。坐在大学教室里的我们，身上都已"刀痕"累累，无论师生。

如果我们都曾是流水线上的"批量产品"，没有棱角，没有个性，没有体育技能，没有审美力，没有批判性思维，那就自己来做锻造师傅，将自己重新回炉再造一次吧。刚刚

---

[1] ［英］约翰·亨利·纽曼：《大学的理念》，高师宁等译，贵州教育出版社，2003年，第161页。

有个男生说，他在读艾迪玛的《如何参观美术馆》一书，他已经在培养自己了。想想，他们前方的青春年华仍慷慨如歌，完全补得齐那些由过往教育带来的短板、那些片面的发展，从而成长为一个全面发展的人。下午若没课，我建议他们可以去图书馆，去体育馆，去逛美术馆……

课结束后，一个女生拿着教材上来，说有看不懂的地方。关于"预设的目标"与"生成的目标"如何把握，她有些不解。答疑后，她轻快地回到座位，把教材装进书包。我走到她的座位旁，问她叫什么名字。

我想记住她的名字。能提出问题的学生，都是好学生。

学生来信

早晨，推开宿舍门就有一股泥土的清香扑面而来，地上湿漉漉的，这样清爽的早晨给人一种积极向上的感觉。穿越人海，走到芦苇荡旁边，凉飕飕的风吹动芦苇。秋天的早上好诗意。

彭老师的课总是给人很多启发，所以我早早坐到教室，等待老师的到来。从她走进教室，我的目光就在她的身上没有离开过。因为她的举手投足都是优雅的，而且我想让她知道自己就是那个女孩。但是我又不想让她知道。我只想让她知道有一个女孩对她满是钦佩与羡慕，一直关注她，认真听她讲的每一句话。或者只想让她去想象，这到底是怎样一个女孩子，细腻？感性？积极向上？热爱生活？我怕我的形象和老师的想象有所不符，让老师失望，所以我要悄悄变好，慢慢向她靠近。

还记得，有人说师生之间是一场盛大的"暗恋"，一个人对一群人的暗恋。但是，我想说："老师，您知道吗？也许是彼此暗恋。我会怕自己不够优秀而羞于见你，我会默默关注您，我会记得你的话，陪你走下阶梯。但是这些都是默默的，我和你一起走下楼梯，你却不知道我是谁，我看到你和一个女生打招呼，然后目送你离开，消失在人海。"

因为彭老师，让我更加坚信，考上这所大学，从工科转到文科，学习教育学是多么正确的选择。在这里我改变了对教师这个职业的看法，懂得了教育的意义，转变了人生的观念。

一个女孩发来的日记

第七章　学习是一种存在方式
——葆有好奇与敬畏之心

开场白

亲爱的女孩们、男孩们：

早上好。我们如约而至，共聚于教室。

刚刚我骑车过来时，人行道上正在修路的工人，哼着小曲在搬砖；校门口卖早餐的老板，一边吹着口哨，一边将鸡蛋饼与茶叶蛋递给前来光顾的学子，摊位上的招牌印着"老相食"三个字。他们都起得很早，在路旁做着最平凡的工作，但都干得乐陶陶的。我们也都是早起的鸟儿，学习着一个最平凡的专业，让我们也乐陶陶地度过这个上午吧。

关于这门课的内容，我想再解释几句。虽然课名里有"教学"二字，我却没有教很多直接指向教学效率的技巧或方法的东西。很多人对"有效"的理解是，能花最少的时间做最多的事、达成最多的目标。我从未将那些教学技巧与方法视为"雕虫小技"，而吹嘘自己教的就是大智慧。我只是想抓住有限的课时，更多传递一些长远之计。当即将为人师的你们，树立起了正确的职业观、学生观、教材观等，就会充满动力去与每一届学生共同生长,你们的课堂实践就更容易朝向"有效"。

对于现在的我而言,仍必须带着一种全新的眼光打量眼前的你们,尽管我每年都要面对一批,尽管这门课我已教了十年,但若倦了、怠了,对当下的学生是不公平的。因为你们是新来乍到,对每一门新开的课都怀有期待。

另外,我上周收到一封来信,来自台下的一个男生,洋洋洒洒三千余字,标题为《课堂教学"双主体论"之我见》。我十分欣慰。欢迎同学们在课后与我切磋、交流教学内容。

开场白的最后,我想引用诺贝尔文学奖得主、智利女诗人米斯特拉尔的《女教师的祈祷》中的一段:"请给我质朴,给我深度,让我每日的教学既不过分深奥,也不索然无味。每当我走进学校,请让我把心灵的创伤放在一旁,别让我把自己世俗的顾虑和微不足道的苦恼带上讲台。让我的手在惩罚学生时轻轻落下,在爱抚的时候倍加温柔。让我在训斥她们时痛彻心扉,这样我才能懂爱之深、责之切。"[1]

现在,台上的女教师已准备好,要开始工作了。

一

今天的课承续上周的专题。我国基础教育阶段教学目标

---

[1] [智]米斯特拉尔:《爱的幻想曲》,朱金玉译,江苏凤凰文艺出版社,2017年,第2页。

的变革轨迹，经历了从20世纪五六十年代的"双基"（现代科学的基础知识和技能）到21世纪初的"三维目标"（指知识与技能、过程与方法、情感态度与价值观），再到2016年的《中国学生发展核心素养（征求意见稿）》出炉。从"双基"到"核心素养"，这是一个认识上的飞跃：教学的目标不能止于知识，人的发展更不限于掌握知识，我们还应在教学中达成人的能力和素养的提升。其中，"三维目标"是一个里程碑。只有领会了每个维度的具体内涵，才知将它们如何渗透于教学之中。

第一个维度是"知识和技能"，指"人类生存所不可或缺的核心知识和学科基本知识"和"获取、收集、处理、运用信息的能力、创新精神和实践能力、终身学习的愿望和能力"。结合当前的时代背景，每一项都举足轻重。应对信息的能力、创新精神此两项以前与学生已谈及，这次我要先和他们谈谈"终身学习的愿望和能力"。眼前的这群大孩子，还没有面临生活的重压，正处于思想自由、可以像海绵一样吸收新知的时期。

美国教育学者布洛克（Alan A. Block）在其著作的前言中写道："学习是一种虔诚的行动。如同祈祷，学习是我们在这个世界上所持有的一种态度。如同祈祷，学习是一种存在方式——它是一种伦理。当我们学习的时候，就如同我们祈祷的时候，我们在公开表示我们的好奇和敬畏之心……由于好奇，我们产生了敬畏，一旦我们有了敬畏之心，我们便承认，即使是最微不足道的事情，也有我们永远也无法全部理解的意义。在祈祷和学习的时候，我们承认我们知道的太少，于是便对我们只能部分实现的人生的复杂性表示敬畏。"①

这世间的很多事物，充满着未知，我们对它的界定只是人类的认识所能抵达之处。这些认识远远无法等同事物的本来面目。康德甚至认为，我们其实根本不可能认识到事物的真性，只能认识事物的表象。有很多事情我们将永远也无法知晓。

学习如同祈祷，是朝向这个世界的一种谦卑的姿态、一种神圣的仪式，也是一种生长的态势。每每提到"终身学习"这个词，在国外曾见过的很多个画面从我的眼前纷纷扬扬地过去。这些画面屡见不鲜，可能是在图书馆、会议厅，也可能是公园、美术馆、博物馆或地铁等，地点虽不一，但有一个共同点，画中人是正在孜孜求知的老者。

图书馆内，进门处，戴着针织帽的老学者正在电脑前查阅资料，手哆哆嗦嗦的，键盘打得也吃力，不时将脸移近屏幕，拐杖放在身旁。我不禁走过去问她是否需要帮助，她朝我笑着摆手。不久，我看到她走去书架，陆陆续续拿回六七本书。因常常在图书馆遇到，我们有次一起喝了杯咖啡，得知她早已退休，但还有很多想探索的领域，停不下来。她本到了含饴弄孙、不复理学术的年纪。我不知自己退休后会留出多少时间如她这般纯粹地求知，可能会和很多老人一样，在公园里齐声唱唱歌，跳跳广场舞，跑跑菜市场。

研讨会的听众里，常有满头白发、步履蹒跚的老人，年龄并未影响他们对求知的兴趣。坐在我前面一排的是一位穿

---

① ［美］艾伦·A. 布洛克：《〈塔木德〉、课程和实践：约瑟夫·施瓦布和拉比》，徐玉珍等译，教育科学出版社，2010年，前言第Ⅲ页。

灰色羊绒衫的老学者，有时用望远镜看前面的显示屏，有时用放大镜看手头的纸质资料，有时在纸上快速地记笔记，不放过每一个句子。

美术馆里，我身旁的两位老人，互相搀扶着，站在一幅画前，窸窸窣窣地讨论良久。

公园的长椅上，两位老人各拿一本书放在膝盖上，不言不语地阅读了半天。

等候地铁时，见一个穿着条纹长袖、带着时尚耳环的老人，在读一本泛黄的书，左手捧书，右手手指在书上一行一行地往下移动。

在国外的求学经历中，我最大的一个收获便是"终身学习"的态度。年轻时混沌得很，没有认真地"年轻"，那就向他们学习，认真地"老去"吧。"认真老去"的含义之一就是，从不放弃自己，从未停止生长，一直都在学习，随时随地。

二

我问学生："如果没有考试，没有人强制你学习，你会有学习的愿望吗？"说完，我觉得这个问题设计得不好。不过，很快有两个学生的发言，让我知晓他们已捕捉到了问题的"弦外之音"。他们还答出了"为什么会这样"。

其中一位男生说："每个小孩都是带着与生俱来的好奇心的，因为，这个世界的一切都是新鲜的。按理来说，孩子应该不会反感去认识这个世界，也就是不反感去学习。像我小时候，常向爸妈开启十万个为什么的模式，把他们问得都很腻烦。我也爱看课外书,享受自由阅读。每学期一发下新课本,我会把它们一股脑儿全倒出来,摊在床上,用一个下午看个够。

但我不是个爱学习的孩子,即大人们眼中的正统'学习'(跟考试有关的学习)。我会去看新课本,我并不反感去了解新的知识,可一旦这个知识变成要记诵、要考试的东西,变成要和别的孩子去攀比的东西,一个配套了不少作业来折磨人的东西,就成了一个无法令人心生爱慕的东西了。动辄数十遍的课文抄写,没完成作业时的几百个下蹲……在这个过程中,还伴随着批评、恐惧、失败的阴影。对学习的兴趣也就这样折腾没了。"

这个男生总是坐在讲台下方的第一排。他的发言让我想起了自己的孩子。他也很爱读课外书,是一个小书迷。上周五的上学路上,他说:"我认为,学习是人类最愚蠢的发明。我从一本书上读到过:学习,在某个国家最古老的语言里,它的意思就是受刑。"放学路上,他和几个小伙伴偶尔会讨论各种"摧毁"学校的作战计划,作为一种宣泄。他还说:"我越长越大,'毁掉'学校的计划就越疯狂。"

这时,另一位女生说:"到了大学,不想那么拼命学习了,可能就是我们都受够了学习的苦,那种学习透支了我们对知识最原初的兴趣。前几天,我看洛克的《教育漫话》,读到一段话,'我相信有许许多多的人,他们一生一世憎恶书本,憎恶学问,原因就是当他们正在厌恶一切这类约束的年岁,被强迫与被束缚去读了书的缘故。'我想,如果一个孩子在学习时不用受到那么多约束,保持终身学习的愿望应该是不难的。"

发言的女生留着短发，笑容爽朗。说来说去，又回到了同样的一些问题，从教育体制到学校教学，孩子们终身学习的愿望，是需要各方携手来保护的。

好在我们之中很多人在离开学校之后，为了应对自身知识的老化，为了解决工作中的实际疑难，为了提升生活的品质，开始了自主的求知。在这个时候，就不仅仅止于终身学习的愿望了，是否具备终身学习的能力也变得重要。

接下来，"三维目标"中的第三个维度即"情感、态度和价值观"，我也想和他们讨论一番。一个学生曾质询："12年，如果专心练画，可能可以成为一个优秀的画师；专心音律，可能可以成为一个优秀的乐师。但是，我们学了12年所谓的科学知识，我们究竟学到了什么东西？"

12年的教育之后，不仅应广学博识，还应学到其中所渗透的情感、态度和价值观。一个好的老师，则不仅是学业上的同行，还在于提供精神上的陪伴和价值观的引领。

关于这一维度的具体内涵，教材上阐释为："情感不仅指学习兴趣、学习责任，更重要的是乐观的生活态度、求实的科学态度、宽容的人生态度。价值观不仅强调个人的价值，更强调个人价值和社会价值的统一；不仅强调科学的价值，更强调科学价值和人文价值的统一；不仅强调人类价值，更强调人类价值和自然价值的统一，从而使学生内心确立起对真善美的价值追求以及人与自然和谐和可持续发展的理念。"

只要联系近来发生的一些教育悲剧，包含在"情感"之内涵中的"乐观""宽容"等字眼，无论再怎么强调都不为过。

"天不言而四时行,地不言而百物生。"大自然是一种奇妙而又神圣的存在。"人类价值与自然价值的统一",在疫情的背景之下,更是要多说几句了。

三

在2020年疫情肆虐的2月里,有网友发现,武汉大学出版社的儿童读物《动物小百科》上,写着:"果子狸全身都是宝,它们的肉可以吃,是我国历史悠久的稀有'山珍'。它们的脂肪是化妆品生产中难得的高级原料,也可以医治烫伤;它们的皮毛可做皮手套;它们的尾毛和针毛,可制成毛刷和画笔……"随后该书遭谴责下架。我想起儿时背诵的那句"大熊猫浑身都是宝"。这种几近于模板化的表述充斥于生物、自然、地理、语文课本和课外科普读物中,似乎这些生灵存在的意义就是最大限度地为我们所用。这是一种典型的"人类中心主义"立场。先辈们确实有过一段依赖于从田野、山林、河流、湖泊中攫取生计的漫长岁月,但如今我们已尝到无限度索取的苦果了。只有索取,人与自然何来和谐和可持续的发展?

首先,我希望学生们总能有观察大自然的眼睛,去看到自然万物的美,一种生生不息的美。一个人只要领略过大自然带来的震撼、它的四时之美,会油然而生保护之心。而作为老师,天地万物都可以成为教育的源头活水。

关于与大自然的相处,我问他们是否有过经历与故事。问题有点缥缈,但后来发现这是一个很棒的问题。

一位女生说:"儿时我体质很差,经常生病。因为养病的缘故,我来到了乡下祖母家。我学会了分辨植物的种类,能够近距离观察花开花落的姿态,春日捉蚱蜢,晚秋摇海棠,朝看初阳,暮识星象。正如《浮生六记》中沈复所言:'余忆童稚时,能张目对日,明察秋毫,见藐小之物必细察其纹理,故时有物外之趣。'这段与大自然无比亲近又充实的童年时光,足够我治愈余生。"

另一位来自英语师范专业的女生谈了她对童年的回忆,也让其他学生打开了记忆的闸门:"从幼儿园、小学至初中,我都是在农村学校度过的。农村承载了我无忧无虑、烂漫天真的童年。幼儿园和小学的老师大都是村庄中人,生于斯,长于斯,最后又回来教书。老师布置的家庭作业很少,有时还会带我们去田间、树林、草地里探索,也从不苛责我们爱玩的天性。因而,一放学,村里的小伙伴总约着一起去捞蝌蚪,捉蟋蟀,粘知了,烤地瓜,也会在田间拾稻穗,在田埂上奔跑,在稻草堆上躺着晒太阳,穿梭于村庄的各个角落,游弋于天地之间,这每一个小小项目中都藏着无穷无尽的趣味。"

她说她曾享受过一段很淳朴、自然和独特的教育,直到上了高中,直到学校里的老师都换成了从城市里来的"高知识人才"。

又一个女生说:"我来自贵州的山区,经济和教育方面是没有优势的。但是,我和我的同学在学习之外也有另外一番'天地'。放学后,我们下田抓泥鳅,捡螺蛳,用时节里最时兴的树皮抽陀螺,滚铁圈,冬天用竹子做雪橇,在田间走田坎,窄到只能一个人走,所以就走得特别整齐。到了果实成熟的季节,就跟着爷爷上山,蹲坐在树下吃。那时候的

'天地'，是爷爷牵着我的手走寨串户，是田地间蚂蚱的角斗，是夜间萤火虫的作舞。"

在她的描述里，中学生活是紧张的，幸有小学时的那番"天地"捍卫了自己的童年。这让我忆起另一个贵州女孩寒假回到故乡后发来的信，信中写道："这是一个小镇，虽然它的确是穷乡僻壤，但我却很喜欢。这里是离大自然最近的地方，春天满山树色青翠，夏季河面金光闪闪，秋日落叶铺满大地，深冬难得见雪，结的霜花却美得迷人。小镇坐落在群山之间，每个清晨醒来，拉开窗帘，那座高大挺拔的山便映入眼帘。

每年外出上学，中巴、大巴、火车或是高铁，都得穿越一座座高山，跨过一座座高架桥。走出大山真是太不容易了，所以在外结识的每一位朋友都想真诚以待，因为为了赴这趟约，的确是走过千山万水才来到他们身边。"

这些来自穷乡僻壤的孩子们，虽要费更大的劲儿才能走出来。但他们从小生长在洁净的空气里，与山水相伴，也是一份幸运。

我也在乡间长大，见过杜鹃花开遍山崖，采过溪水里的水芹，有过一个在蓝天清风下疯跑的童年。我以前就想过，倘若找不到合适的工作，就找一块地当农民去，也是一种人生。跟着大自然的节奏，根据二十四个节气，该播种的时候播种，该施肥的时候施肥，该收割的时候收割，痛快地呼吸，淋漓地流汗，大声哭，放声笑，养一群鸡鸭，大口吃肉，大碗喝水，去河边钓鱼，去山上挖笋，喝着清冽的山泉，给头上戴一朵刚摘的山茶花，养一大把含苞待放的杜鹃花在窗台，把金银花摘下来沏茶喝。把胳膊晒得粗红，让脸庞呈现最健康的肤色，接受大自然的一切馈赠。

虽然我描述得有点理想化，但我情愿他们都能这么乐观。每年有多少研究生就是因毕业延期、找不到工作、情场失意而放弃了生命？大自然会是我们可靠的后盾，只要我们愿意劳作。我甚至跟他们说，当有一天，我们万念俱灰，绝望透顶，失去了来自人类世界的所有支持时，请记住：还有大自然，永远与我们同在。还有一句话我没有说：最终我们都会变成一抔土，回归大自然。

总之，对于这些未来的教师，我期望他们自己首先热爱大自然，持守"人类价值与自然价值的统一"之价值观，而后将这一目标渗透于教学中，去影响更多的学生。

下了课，出门时，有个开朗大方的男生站在教室门口外，跟我说："感觉自己得变成天使，才能听你的课。"他同时做出肩胛骨后长出两只翅膀的动作。这似乎不是褒奖吧。"我的课，理想主义的色彩太浓郁了，对吗？"我笑答。他急忙摆手："也不是。就是觉得美好。"我想起另一个男生写下的，"彭老师是那么的敏感温柔，一个像没有被生活磨平的人。我一开始是有点反感她的课堂的，就在她眼皮底下玩手机……"我猜，这两个男生都认为课堂的批判力、理性不够吧。思辨力一直是我的软肋。

回去的路上，我又经过了那所小学。传来一个英语老师很洪亮的嗓音："你那个手，能放下来吗？""手上不要再玩东西了，把心放在学习上，可以吗？""今天回去要完成这两篇阅读理解，不懂的单词要查字典，明天要能摸着良心说是自己独立完成的。"几乎是在央求。想起教室门口的男生做出的天使的姿势，我有点不好意思地笑了。

学生来信

亲爱的彭老师：

您好。在课堂中站起身进行三言两语的发言并不能完全表达我的内心想法，我有很多东西想要与您分享，所以选择了书信的方式。

作为一个成都人，我更崇尚"慢慢"的生活。我出生在乡村，从小就与大自然接触，现在也对大自然情有独钟。小学的时候，从家到学校有一条长长的路，路边都是桂花树，我和堂妹总喜欢将这些桂花收集在一个小布袋里，放在枕头下面，好像有了这一袋桂花，就可以整夜无梦。以前还很喜欢看天空，每次到了夏天，就喜欢和堂妹坐在门前的树荫下望着瓦蓝的天空，一起描绘云朵的形状，常常一坐就是一下午。

记得您曾说过很喜欢三毛，其实我也是，从初中时候看《撒哈拉沙漠的故事》开始，我就被这个活得很自由、很潇洒、很独立的女性所吸引。甚至有一段时间很想去撒哈拉沙漠看一看三毛书中所描绘的夕阳，说不定路上还能看到骆驼的头颅。三毛说过："心若没有栖息的地方，到哪里都是流浪。"这句话也一直是我生活的动力。虽然仍觉前途迷茫，但一想到自己还有很多喜欢的事情，书法、阅读、写作，好像世界突然就变得美好起来了……

今晚的月亮是一轮上弦月，它挂在空旷的天空，孤寂又傲娇。

彭老师，晚安好梦。祝一切安好。

李同学，2019级教育学（师范）专业

第八章　翩翩有风格的教学
——去找到所属领域的偶像

开场白

亲爱的女孩们、男孩们：

早上好。昨天有学生写邮件询问，教学的成功是否有模式可循。我想，成功没有模式。所有的成功恐怕都有天时地利人和，是在适当的时间做了适当的事情。譬如，信念坚定既可以被视为一种好品质，在某些境遇里也可以被视为冥顽不化。

教学不可复制。数学特级教师华应龙曾说："上出一堂好课后的感觉，就像初恋般迷人；初恋像一首诗，很含蓄，心里有话但是不讲，讲出来就没有意思了。"

初恋当然是迷人的。一个女生曾说："高中时，那个喜欢穿白衬衫的男孩写的一封信，开头我还记得：我想以后换一个称谓叫你……结尾我也记得：放学时一起回家吧，坐在我的自行车后座，省下的两元公交车费，给你买一根冰棍吃，可好？"还有个女生回忆："高中英语语法不行，向他求助，他说：很简单啊，你看比如'I love you.'这个句子，主-谓-宾。心怦怦直跳，好想说：我没听清，能不能再说一次？"

如果让同学们来补充，这究竟是一种怎样的感觉，你们定可以举出更多的例子。这种感觉迁移到一堂课上，意味着一堂好课应该有怦怦的心跳，同时，留有一些念想、一点余味，"有如咀嚼干果，品尝香茗，令人回味再三"。听说，华应龙老师的课结束后，学生们总是不愿意下课。这样的成功是无法复制的。

在中国的手工技术、美术等行当，一向有"匠"和"家"之分。不管匠的技术有多么高超，最多只能做到"形似"，而"家"能做到"有神"。但我们可以先找到自己的职业偶像，从模仿开始，渐渐做到"形似"，同时不忘找寻属于自己的特色和风格，向着"家"迈进。

所谓"教学有法，教无定法，贵在得法"。适合的就是最好的。

一

早起，有雾，树朦胧，路朦胧。窗外的世界仿佛远去，让人格外能静下心来。坐床头，读约翰·威廉斯（John Edward Williams）的小说《斯通纳》。读完最后一页，便是度过了一个大学教师平平无奇的一生，从年富力强到年衰岁暮后悄无声息地离开世界。

斯通纳出身于一个贫苦的农场，在密苏里大学从本科读到博士，留校后在英文系一直任教，直到他65岁时患癌去世。与他一样，我也是一口气读到博士毕业，也将在一所大学教到老。他有过迷茫，怀疑生活是否值得过下去。他的职称始终停滞不前。他活着的时候同事对他并不特别尊崇。修完他的课后对他记忆犹新的学生也寥寥无几。他出版过唯一的一部学术研究著作，不过是无人翻阅的关于中世纪的文献手稿。我就像看到了另一个自己，以及最终的结局。心底涌上来几分悲凉和无力感。

即便职场生涯平庸至极，但不可否认，斯通纳曾在很多时刻投入过激情。他想当一名教师，他幸运地当成了教师，在离开学院前他说的最后一句话是"我要感谢你们所有的人，让我来教书"。他有过强烈的学习冲动，因读得越多越发现自己有更多要了解的。他曾对自己的工作充满热烈的期待，胸怀一种崇高感，渴望以自己的方式激发学生的活力。在任教一些年头后，他开始受到学生们的欢迎，享有某种适度的声望，明白自己有可能成为一名好教师。他体会到教学绝不枯燥，希望自己那种筋疲力尽的愉悦状态永远不要结束。他曾为了捍卫大学的正直与纯洁而跟学院的领导据理力争过。他也在学术研究中找到过某种乐趣和安慰。是否，这样的人生也足够？我不知道。

然而，即便是这样波澜不兴的人生，我们每天也都处在缓慢的失去中。带着一种复杂的心绪，我出了家门。

进了教室，见到齐整整一百多号人，便心无杂念，只剩下"全心投入"这四个字了。无论你来的路上车有多堵、风有多狂，无论你接过一个多么令人不安的电话，无论你瞥见了一封怎样棘手的邮件，在进入教室之门后，你得统统将它们挡在门外。这是一个教师必备的情绪修养。

今天的课，五个督导老师早早就过来了。昨日已得知会有督导来听课，但不知有这么多个。我没有提前告知学生，也没有特地多做准备，只想诚实地呈现课堂。

我在中小学听过的一些公开课，往往凝聚的是一个团队的教学智慧，几乎是举全校之力。我也听到过不少中小学生的抱怨，老师对公开课进行多次彩排，提前指定学生回答某个问题，精准到每一分钟的"表演"，类似于电影的导演把关着演员的每一句台词、每一个镜头。更有老师，事先将一部分平常课堂表现不好和成绩不佳的学生做了临时转移，公开课上将看不到他们的身影。反复排练，不仅耽误正常的教学进度，对学生亦是不良的示范。

真实的课堂，才能反映出真实的问题。我希望得到同行的指教，因为机会难得。如帕尔默（Parker J. Palmer）指出的，"教学恐怕是所有公共服务行业中最为私密的专业"。原因在于："虽然我们是面向学生群体的教学，但几乎总是脱离同事视线的单独教学——相形之下，外科医生与出庭律师则是在行家里手在场的情况下工作。出庭律师要在其他律师的面前争辩案件，律师之间的技能与知识的差距有目共睹……当我们走进被称作'教室'的工作场所时，就把同事拒之门外；当我们离开教室时，也很少谈及自己的教学近况和需要采取的教学措施。"[①] 此种私密的程度，大学远甚于中小学。中小学有说课评课的活动，来自不同学校的老师共同观摩一节公开课；有师徒结对仪式，新教师在教学和班级管理上能得到师傅的引领；有以教研组为单位的集体备课活动；有各种教学类比赛。而在大学，每一个教室就是一个隔绝的城堡。虽有所谓听课制度，但形同虚设；虽也有教学

---

① ［美］帕克·帕尔默：《教学勇气·漫步教师心灵：20周年纪念版》，方彤译，华东师范大学出版社，2019年，第226页。

比赛，但一般就是遣派新入职的教师参加，以交差了事；同事之间极少会切磋教学经验，以及教室里的那些窘境。

二

今天的专题是"教学艺术与风格"。开场白一结束，我抛出第一个问题：

从黑板上的标题来看，我们事实上已经承认了教学是一种艺术。但实际上，这一认识历经动荡与反复。虽在17世纪，夸美纽斯已将教学的本质阐释为"把一切事物教给一切人类的全部艺术"，但随着19世纪初开始的教育心理学化运动，教学作为艺术的观念开始受到冲击。到19世纪中叶，德国的教育学家第斯多惠重新举起了教学作为一门艺术的旗帜。20世纪中叶，美国教授海特（Gilbert Highet）的专著《教学艺术》问世，他立场鲜明地认为："教学是一门艺术而非科学。"由此也引发了一场关于教学本质的论争，论争的代表人物是海特和盖奇（Nathaniel Lee Gage）。

时至今日，我们已认识到，单方面地强调教学仅是科学或艺术，都是失之偏颇的。共识在达成：教学既是一门科学，又是一种艺术。那大家先想想，它作为科学的地方在哪里，作为艺术的地方又在哪里？

学生们七嘴八舌，很快就总结出，作为科学的地方在于，教学有规律可循，有教育学理论和心理学理论作支撑；教学主要是科学知识的传承，教师需具备系统的学科专业知识。作为艺术的地方，他们指出了人有复杂性、神秘性和独特性，使得教学并不是可以全凭规律或量化的数据来把握，教学情境瞬息万变,需要教师的即兴判断与发挥。一个男生在发言结束时说的一句"总之,教学真的是一个很难很难的工作",把大家都逗笑了。

教什么、如何教都要有科学的依据,否则会很危险;各个学科的知识要求教师的传递准确、严谨,这是一种理性、严肃的活动。但这也是无法套用某个程式的活动,从情感到美感,意味着它涉及灵感、直觉、想象力、天赋等因素,可以同影视、建筑、绘画、音乐等艺术一样感性而张扬。教师对教材的处理,就如同导演对剧本的处理,都是富有创造力的再次创作。教材经过不同个性和才华的教师的再次开发与演绎,所呈现出来的作品(课堂)各具艺术特点,就像李安的电影细腻隽永,张艺谋的电影色彩浓烈,徐克的电影光怪陆离。

21世纪之初,美国教育家艾斯纳(Elliot W. Eisner)在其书中,强调了教学是美学经验的源头。他说教学之所以是一门艺术,是因为在其中表现出来的技巧和优雅,带有无可辩驳的美学特征;是因为教师与画家、作曲家、演员和舞蹈家一样,他们在活动中要随时调整,会受到无法预知的特性和突发事件的影响,其获得的成果常常创生于过程之中。他指出,教学可以艺术地进行……教学也可能很呆板、机械、愚蠢或完全没有想象力,"但是当它敏感、机智和有创意——这些特性赋予它艺术的品格——时,在我看来,它应该被看作是人类在最高水平上对其智慧的运用"[1]。

---

① [美]艾斯纳:《教育想象:学校课程设计与评价》,李雁冰等译,教育科学出版社,2008年,第162页。

对教学艺术的讨论，在我国不多，似乎将教学归于艺术，教学就变得玄奥、难以捉摸了。因为，如艾斯纳所说的"敏感"、"机智"与"创意"，是无法仅仅通过教师培训就能获得的，它们需要教师对人性的洞幽察微，将教学当成一门复杂而细腻的学问。

"高中数学并不轻松，但杨老师的课堂充满了欢声笑语，繁杂的公式总是被他以一种奇特的方式记在脑海里。各种数学家与数学的八卦奇缘，伽利略、莱布尼茨等被他以一种亲切的口吻叙述，总能让我们产生疑问：这些数字符号真的有这么大魅力吗？然后我们会带着探寻的眼光重新打量这些'美丽的数字与符号'。

不同于某些老师只会提问那些优秀的'可造之材'，他会给每个同学机会，哪怕这堂课没有点到，下堂课也会顾及。基础一般的、好的、差的同学，他都有相应难度的题目来提问他们。聆听时，他谦虚得像个学生，如果答不出来，杨老师也不是直接给出答案，令你感觉自己很糟糕，而是旁敲侧击。对内向的同学，他会给更多的机会鼓励他们说出自己的想法。"

发言学生口中的这个数学老师精心设计问题、考虑所提问题的对象，并且讲究提问的策略，其提问艺术体现了他对于不同学生的心理有一种"机智"和"敏感"的把握。

有位学生说："高一时，我原本对物理化学兴趣浓郁，但高二的物理老师和化学老师彻底浇灭了我的热情。物理老师因为我的作业错误太多，当着全班同学的面撕碎了我的作业本。化学老师因为我上黑板默错了化学方程式，罚我将全书的化学方程式抄写两遍，当天晚上我抄到半夜三点，第二天交给他时，他却说不记得了。如今这两位老师姓甚名谁我已经不记得了，长什么样子也不记得了，但那本被撕成碎片散落一地的作业本和那五大张满满的化学方程式一直在我的脑海里挥之不去。"

这个学生口中的物理老师和化学老师，对于错题的处理，既无对人的"敏感"和"机智"的把握，方法上也无"创意"，哪有什么教学艺术可言呢！而另一位学生口中的英语老师，同样是面对错题，其要求则是"错题订正完后，错得多的要在下节课上课的时候唱一首英文歌"。

对错题的处理，我补充了语文特级教师于漪的做法。有些孩子写错字，老师会罚抄很多遍，于老师认为这样做最蹩脚，她举例说，"孩子'染'字总写错，加一点，九变成药丸的丸。我说：哎呀真是奇怪了，染坊不染颜色啦？生产药丸啦？为什么是九，各种各样的颜色呀，多啊。他马上就记得。其实是激发了一种美感"。她也说："教语文，文字本身就美……小学一年级课本打开来，简直好像走到画廊里头，看到的是一幅幅画。山啊水啊，笑，两道眉毛扬起来；哭，两个大眼睛。鸟鸣叫，哎哟一个嘴巴张大口。汉字，双脑文字，独具美感。它的内在结构和体态，有的非常飘逸，有的矗立不动。要把这种美的感觉教进去。汉字是历史的眼睛，我教语文，教的是历史风云、世态人情。通过会说话的汉字，你就给它以美感……"

在于老师这儿，"创意"与"美感"清晰可见，教学也就有了艺术的品格。而我的脑海中储备的最具创意与美感的经典课堂，来自在西南联大执教的刘文典教授。刘老师有次讲《文选》中的赋，约莫半小时就宣布提前下课，要改到下周三（阴历五月十五）晚七点半继续上课。那夜，圆月悬空，月光下摆了一圈座椅，先生一袭长衫，端坐其间，大讲其《月赋》，见解精辟，挥洒自如。月色旖旎，情景交融，听者莫不沉醉其中。有幸听过那堂课的学生，多年以后都念念不忘。

而以下这位学生分享的老师，"不仅仅是看到了表面的我，还看到了我的灵魂"，体现了教师对学生内心幽微之处的洞悉。

这位学生说："在一个晚自习，她叫我出去谈心。从来没有任何一个人这么关心我的内心，她不仅是看到了表面的我，还看到了我的灵魂，一个忍受着巨大痛苦的灵魂。我所有的防线在她洞悉一切的眼睛面前崩塌了。我向她哭诉，作为一个女孩子，我从小到大到底忍受了什么。她的眼神从震惊慢慢变为疼惜，说完后我轻松了许多。在我孤独无依不知如何是好的时候，是她给了我微笑和拥抱。她可能不知道，这对我有多大的影响。她也讲了很多她的故事，她所承受的并不轻于我……后来我们又有很多次这样的谈话，我的心结解开了，开始相信未来。我二十岁以前的青春是灰暗的，曾一度让我放弃自己。但她却照亮了我二十岁以后的人生，是我黑暗岁月里的光亮。这光亮让我坚定地迈向未来。"

就在这一个个案例中，我们已经把握了教学艺术的特点与功能。

三

教学艺术部分，我们还重点探讨了教学语言之艺术。这不仅指语音、语流、语速这类外在形式，还在于是否言之成理，富有逻辑性；是否言之动情，富有感染力；是否言之生趣，富有趣味性等等方面。我向他们呈现了三个案例，均来自学生对老师的课堂的回忆。

其一来自汪曾祺：

闻先生讲课，真是"神采奕奕"……能把本来是很枯燥的考证，讲得层次分明，引人入胜，逻辑性很强，而又文辞生动。他讲话很有节奏，顿挫铿锵，有"穿透力"，如同第一流的演员。①

其二来自梁实秋：

（梁启超）先生的讲演，到紧张处，便成为表演。他真是手之舞之足之蹈之，有时掩面，有时顿足，有时狂笑，有时太息。听他讲到他最喜爱的《桃花扇》，讲到"高皇帝，在九天，不管……"那一段，他悲从衷来，竟痛哭流涕而不能自已。他掏出手巾拭泪，听讲的人不知有几多也泪下沾襟了！又听他讲杜氏，讲到"剑外忽传收蓟北，初闻涕泪满衣裳……"，先生又真是于涕泗交流之中张口大笑了。

这一篇讲演分三次讲完，每次讲过，先生大汗淋漓，状极愉快。听过这讲演的人，除了当时所受的感动之外，不少人从此对于中国文学发生了强烈的爱好。先生尝自谓"笔锋常带情感"，其实先生在言谈讲演之中所带的情感不知要更

---

① 汪曾祺：《在西南联大》，文化发展出版社，2021年，第70页。

强烈多少倍!①

其三来自曾任北大中文系林庚教授之助手的商伟:

……先生身着丝绸长衫,风度翩翩,讲课时不读讲稿,只是偶尔用几张卡片,但是思路清晰,且旁征博引,让我们一睹文学世界的万千气象……先生用的几乎是诗的语言,而他本人便如同是诗的化身。我记得当时我们完全被征服了。全场屏息凝神,鸦雀无声,连先生停顿的片刻也显得意味深长。这情景让我第一次感受到诗的魅力和境界。②

无论是闻一多先生的"层次分明""文辞生动",梁启超先生所带的强烈"情感",还是林庚先生的"思路清晰",正是他们出神入化的语言风采,征服了学生。我问学生,是否遇到过类似的老师。有一位来自物理师范的女生对物理老师印象深刻:"大多数学生会对语言风趣的老师印象深刻吧,可能是因为枯燥的学习生活太需要点调料了。我记得高三的物理老师赵老师,语言幽默,有逻辑性,能把复杂的物理过程进行拆解,用通俗的语言表述出来。他会讲物理与生活的联系,课堂上总是有知识也有欢笑。我记得清楚的是,他解析过一句情话:'我喜欢你就像风走了八千里不问归期。'试问风的时速是多少,从软风到飓风,是从1千米/小

---

① 梁实秋:《梁实秋散文选集》,百花文艺出版社,2004年,第124—125页。
② 季剑青等编:《传灯:当代学术师承录》,北京大学出版社,2010年,第36页。

时到220千米/小时，按我们能够感知到的微风的速度12千米/小时来算，八千里是4 000千米，微风走完八千里大约需要133个小时，大约是14天。那么就是这孩子最多喜欢你十天半个月就不喜欢你了，别上当了。他用物理的语言去解析世界，让大家确切地感受到物理的存在，都喜欢上物理课。"

有学生谈到自己的历史老师："高中的历史老师，我们叫杨哥。杨哥很博学，上课根本就用不着带书，只要他人到了，站在讲台上就能讲。他的课上得既充实又不无聊，妙语连珠中，总能让人注意力集中。在讲中国历史的发展和中国地理条件的关系时，他说，中国三面环陆，是一个极品'宅男'；在讲到黄河的时候，他会说，黄河是我们的母亲河，只是我们这个'母亲'脾气不太好，总是改道。诸如此类的还有很多，我曾经记录过一本'杨哥经典语录'。"

还有学生想起了自己的数学老师："我的初中数学老师是刘清泉老师，因为他的语言诙谐，大受欢迎。记得学解方程消元时，他说，大家看好了！这个x和那边那个x一样，这边的x说'小样，长得跟我一样，看我不消了你'，于是，它们两个x就同归于尽，消没了。"

一个来自材化专业的男生则补充了一位化学老师的形象："我的高中化学老师很有诗意，他讲化学时，不仅能和生活现象关联，还能以古诗词为例。讲到卤素单质，他联系到'白毛浮绿水，红掌拨清波'。为什么是白毛？因为绿（氯）水有漂白性。他还根据'日照香炉生紫烟'给我们做实验，就是碘的升华。"

哦，他们能记得的多是语言幽默的老师。周国平说：

"我在所有的孩子身上都观察到,孩子最不能忍受的不是生活的清苦,而是生活的单调、刻板、无趣。几乎每个孩子都热衷于在生活中寻找、发现、制造有趣,并报以欢笑,这是生长着的智力的嬉戏和狂欢。"① 将此段话中的几处"生活"替换为"课堂"二字,同样熨帖。而在赫尔巴特看来,枯燥乏味是"教学中最严重的罪过"。

可贵的是,上述老师的即兴幽默,不是简单地博取学生一笑,不是"一笑而过",而是有其含义,能促进教学。所谓"趣味",就是既"有趣",又有"意味"。这些老师将课上得不仅有趣而且充实,还让学生有获得感。课堂上有欢笑,能让紧张的脑力劳动有喘息的工夫,时间就不会变得难熬。所有的人因那一刻同频的欢乐而联结在一起,注意力凝聚到了一处。我在小学的课堂上,听过小朋友们出声的笑,像一串串鞭炮点燃后发出的声响,随性且爽脆,很容易会被他们感染;在大学的课堂上,学生再不会笑出那样的声响,同时,他们的笑点也高了。我反思过自己的教学语言,幽默感是十分欠缺的。

四

《聊斋志异》之《辛十四娘》中有一句:"渠有十九女,都翩翩有风格。""翩翩有风格"这五个字里,既有风度,又有品格。当一个老师的教学"翩翩有风格",意味着他的教学艺术之个性化达到了相对稳定与成熟的状态。

---

① 周国平:《宝贝,宝贝》,江苏人民出版社,2010年,第35页。

法国学者布封（Buffon）说"风格即人"。教学风格，体现了一个老师独特的教学观，涉及教师的知识结构、思维特点，偏爱怎样的教材处理方式，倾向于怎样的教学方法，审美情趣如何，如何看待与学生的关系等等。根据布鲁纳的观点，一个教学理论必须考虑三件事：学生的性质；知识的本质；知识获得过程的性质。在我看来，教学风格就是一个老师在长期的实践基础上逐步形成的自成一派的教学理论或者说教学思想的体现。教学风格，就是你所在课堂的上空，有一个大大的、写着你的名字的水印，就像摄影作品中出于版权考虑而添加的水印。在这一点上，教师和艺术家没有区别。你一堂课讲下来，也是创造了一个作品。在法国雕塑艺术家罗丹的眼里，"在艺术中，有风格的作品才是美的"。

老师们可能会说："我教了这么多年书，什么样的学生没遇到过。"而对于我眼前的学生们来说，见识过那么多的课堂，又何尝不是什么风格的老师没遇到过呢？来自学科教学（语文）专业的一个女生曾特地做过一次盘点，向我发来数据，"学习生涯中，我一共经历了132位老师（幼儿园3位，小学19位，初中20位，高中30位，本科60位），以及学徒生涯中还有3位实习指导老师"。

教学风格并没有高低优劣之分，只要能取得好的教学效果。国内学者李如密将教学风格分为科学型（或称理智型）、艺术型（或称情感型）和混合型。按此分类，一个叫杨雨婷的女生口中的语文老师属于情感型："我高中的语文老师方老师最大的特点是，利用其男中音般美声的优势，讲课前必然要将课文朗诵一遍。一首毛泽东的《沁园春·长沙》，大家直呼不过瘾，全班一齐'安可！安可！'直到又把毛泽东的词朗诵三五首才意犹未尽；一首《将进酒》朗诵得慷慨激昂，热血沸腾，最后大家不约而同大声齐呼'与尔同销万古愁'；《记念刘和珍君》一文，老师读到最后竟是声音哽咽，含泪地读完全篇，我至今都能背诵出那句'苟活者在淡红的血色中，会依稀看见微茫的希望；真的猛士，将更奋然而前行'。男生们低下头红了眼圈，而多愁善感的女孩子们更是当场拭泪。方老师将他的全部情感投入到朗诵中，感情的传染是最直接的，以至于一篇课文听完，我们就已经大致知道了文章的思想感情，与主人公同呼吸共命运了。正是这样，我们班的语文水平一直甩其他班一大截，甚至被其他老师誉为最高情商的班。而这样通过朗诵来带入人物感情的学习方法，一直是我学习语文的利器。"

有些老师讲课，逻辑推理严密，没有一句多余的话，让你不由得集中全部的注意力，课后你会感受到一种理智上的愉悦感。这种属于理智型。

也有教师的风格不单一，属于综合型。我布置了一个课后题：结合自身的个性气质，想象自己以后做了老师，大概会形成（或追求）何种教学风格。这是一件很有意思的事情。

有次课后我还让他们写一封信给未来成为人师的自己。"亲爱的自己：我很好奇你伏案批作业的样子，你在课堂上神采飞扬的样子，你被学生气得发狂的样子。你的一切我都好奇，让我憧憬着去过那样的人生……。"（来自一个学生）对于教学风格，他们想必也是很好奇的。这种好奇里，包含了对自己的期许与从教的初心。

教学风格的形成有一个过程,要历经模仿、探索、独立、创新到形成等阶段。这一点类似于一个作家的创作风格的形成过程。例如,作家凯鲁亚克(Jack Kerouac)的写作起步于对偶像的效仿,"在哥大,凯鲁亚克浅尝以早年的文学偶像的风格写短篇小说,他效仿的作家包括当时很受欢迎但'二战'后逐渐失宠的小说家威廉·萨罗扬和海明威"[1]。而凯鲁亚克所竭力模仿的作家海明威,则始于对拉德纳的模仿,"他十几岁时开始的习作模仿的是善讽刺文体的体育专栏作家林·拉德纳"[2]。鲁迅的早期作品《狂人日记》模仿的是果戈理的同名小说,而莫言公开发表的第一篇小说《春夜雨霏霏》模仿的是奥地利小说家茨威格的《一个陌生女人的来信》。对一个名家的语言风格模仿得多了,写作者就得到了一种语感,他再慢慢融入自己的东西,就会逐渐超越模仿的阶段,形成属于自己的文风和文体。书法家初学书法时,靠的不也是临摹吗?

我给他们举作家的例子,意在希望他们别觉得模仿似乎是不光彩的事,以至于不屑于模仿。模仿与借鉴实际上是一个窍门。我提高音量说,——去找一个自己所属领域的教学偶像,大方去模仿吧。如果你在语文专业,那就找一个你崇拜的语文教学名师。语文特级教师李镇西刚参加工作的20世纪80年代,就是照着钱梦龙老师的教法依葫芦画瓢的,从自读、教读、复读到让学生写自读笔记的做法,都打上了

---

[1] [美]萨拉·斯托多拉:《写作中的大作家》,叶安宁译,人民文学出版社,2020年,第142页。
[2] 同上书,第155页。

浓浓的"钱氏烙印"。如果你属历史专业,那就找一个你钦敬的历史教学名家。只要是不停留于模仿的阶段,拥有追求个人风格的自觉就好了。

当下课铃声响起,这群大孩子们又照旧没有吝啬他们的掌声。

回到办公室,收到一个女孩的邮件,她在二楼栏杆处俯拍了一张我穿过一楼走廊的照片。我看着笑了,回复她:"照片已留存。一看才知,原来我平常的步子都迈得这么大,风一般的女子呢。"这有点像每周的电影结束后,还有片尾花絮。

学生来信

亲爱的彭老师:

我是一个不善于表达的人,小时候即使上课被叫到回答问题也会脸红心跳,支支吾吾地说不出话来,幼儿园睡午觉的时候我宁可尿裤子也不敢和老师说想上厕所,小时候我在老师面前永远是自卑的、低着头的,这可能与我三岁刚上幼儿园就因为一次尿裤子被老师罚自己在学校厕所的地板上穿裤子有关。

随着我逐渐长大,自信心也逐渐增强,慢慢地把自己置于和老师平等的地位,不过我很多时候依然对大部分老师敬而远之,即使他们把我视作得意门生。我从没有和任何一个老师谈过,而像这样以一个讲述者的口吻和老师聊天,真正是有史以来第一次。"她像手持刀剑的天使，从天而降，仿佛闪电突破乌云。"这是我喜欢的小说里的一句话，用在这里还挺恰当的。当然彭老师的出现，比闪电温和得多。

我之所以想写这封信，并不仅仅因为我确实想将我的人生分享给一个我信任的人，更是因为彭老师让我感受到了精神上平等的交换。我曾经的老师们都会在学生面前尽力塑造一种高大的形象，他们很辛苦，但只是身体上的辛苦，而在精神上，他们拒绝和我交流。彭老师却愿意。您愿意分享生活中的点点滴滴，不论是早晨的所见所闻，开心或悲伤，兴奋或疲倦，您向我们展现的是一个真实的人，而不是刻意塑造的某个形象。

来自一个未署名的女生的邮件

第九章　意义学习的达成
——坚信你的珍贵

开场白

亲爱的女孩们、男孩们：

早上好。天气真冷。黑板上也就有了这四个字：岁暮天寒。

我昨晚看了一部电影《无问西东》，你们看过吗？我今天不会谈国家命运与青年人的担当这些宏大的主题，只想借电影中的一个人物，来回应同学们的来信中说得最多的困惑——"迷茫"。

我知道你们每天都十分忙碌，有些同学一周二十几节课，各种社团，周末还有兼职，但这种忙碌可能就像电影中所说的"有一种麻木的踏实，但丧失了真实"。20世纪20年代初，大学生吴岭澜的英文和国文都是满分，但物理和化学却常不及格。他不敢选择文科，因为最好的学生念的都是理科。梅校长让他面对真实的自己，吴岭澜问真实是什么，梅校长答："真实，是你看到什么，听到什么，做什么，和谁在一起，有一种从心灵深处满溢出来的不懊悔也不羞愧的平和和喜悦。"吴同学开始思考"对自己的真实"，考虑转系的事情。

至西南联大时期,吴同学已成长为文学教授,他跟学生讲泰戈尔的诗句时说:"当我在你们这个年纪,有段时间,我远离人群,独自思索,我的人生到底应该怎样度过?某日,我偶然去图书馆,听到泰戈尔的演讲,而陪同在泰戈尔身边的人,是当时最卓越的一群人(梁思成、林徽因、梁启超、梅贻琦、王国维、徐志摩),这些人站在那里,自信而笃定,那种从容让我十分羡慕。而泰戈尔,正在讲'对自己的真实'有多么重要,那一刻,我从思索生命意义的羞耻感中,释放出来。原来这些卓越的人物,也认为花时间思考这些,谈论这些,是重要的。今天,我把泰戈尔的诗介绍给你们,希望你们在今后的岁月里,不要放弃对生命的思索,对自己的真实。"

电影中有一段点题的话:"愿你在被打击时,记起你的珍贵,抵抗恶意;愿你在迷茫时,坚信你的珍贵,爱你所爱,行你所行,听从你心,无问西东。"我送给大家,也送给自己:面对纷繁的选择,请始终勇敢面对自己的真实,不为外界所惑,遵从自己的天赋与本心。

愿你们都能寻找到适合自己的道路。只要不放弃对内心的叩问和对生命的思索,我们就一定能找到,或迟或早。

一

阴阴郁郁的天,气温骤降。十二月了。

我将自己包裹得密不透风,早早地出了门。向来都是个不喜欢赶时间的人,享受的是提前到校后慢悠悠地等待上课铃声响起的那份气定神闲。小区里的视线亮堂得让人很不习惯，因所有曾经茂盛的大树都被砍掉了枝叶，只剩下主干。前天小区里开来一辆卡车，几个工人用了两天时间就处理完毕。要多少年才枝繁叶茂，却在短时间内被劈头盖脸地锯掉了。"十年树木，百年树人"，无论花了多久的心力才培养起来的一个人，是不是也可能在短时内就被毁掉？这种思考是职业病吧。

上课铃声响过，我写下四个大字：岁暮天寒。放下粉笔头，我自个儿笑了。因想起了约莫一百年前，沈从文先生在大学里第一次上课的情形。他紧张得一句话都说不出来，在令人发窘的沉默里，他转身在黑板上写下："第一次上课，见你们人多，怕了。"那些学生该是生平第一次见如此腼腆的老师吧。而我眼前的学生，见过铃声响过后默然板书课题名称的老师，估计没见过像我这样板书天气的吧。

这次课的专题是"教学论的发展"，将简单回顾教学理论在历史长河中的演进脉络。斯金纳的程序教学理论、布鲁纳的认知教学理论、罗杰斯的非指导性教学理论、赞可夫的实验教学理论、巴班斯基的教学过程最优化理论……如果这么讲下去，必然会出现"众生皆睡，唯我独醒"的局面。只能是挑着讲一些。

在教学理论的形成阶段，夸美纽斯和赫尔巴特是该说一说的。我跟他们说："夸美纽斯生活的年代是1592—1670年，相当于我国明代万历二十年到清朝康熙九年。这是一个受苦受难的灵魂，他十二岁就失去了父母及两位姐姐，成为孤儿，中断了学习生活，后来又历经战乱，在战争中失去全部家产，包括他的藏书和手稿，而妻子和两个孩子也死于瘟疫。余生基本上是流亡国外。这也是一个不屈不挠的灵魂，他在德国潜心学习哲学和神学，后又在海德尔堡大学听课，追随进步人物，终其一生都怀着教育能复兴祖国、改良社会的期望，都在思考和践行他的'泛智'思想。"我希望对人物的介绍能激发对其思想的了解。

教学理论在夸美纽斯的教育理论体系中占有重要地位，而有关教学原则的论述是他的教学理论的核心部分，例如教与学的便易性原则、彻底性原则、简明性与迅速性原则。"应该用一切可能的方式把孩子们的求知与求学的欲望激发起来""在学校里面，应该让学生从写字去学写字，从谈话去学谈话，从唱歌去学唱歌，从推理去学推理"，夸美纽斯对兴趣、实践的重视在今天仍有指导意义。他反对经院主义咬文嚼字的"文字教学"，每次读到他所写下的"知识的开端永远必须来自感官……科学的真实性与准确性依靠感官的证明多于其他一切"①，我都会想到一些科学家的言论，例如钱学森提出的"从思维科学的角度看，科学工作总是从一个猜想开始的，然后才是科学论证；换言之，科学工作是源于形象思维，终于逻辑思维……"②布鲁纳也提出要防止过早语言化。

但在我们的教学现实中，为了多快好省，常省略掉了从直观的实物、图像、模型入手，省略必要的实验环节，而直接进入抽象思维阶段。

---

① ［捷］夸美纽斯：《大教学论》，傅任敢译，教育科学出版社，1999年，第141页。
② 涂元季主编：《钱学森书信》（第9卷），国防工业出版社，2007年，第371页。

一个学生曾说:"还记得我的物理老师常常在黑板上画杠杆、画电路图,也带我们去实验室动手操作,回想起来,那些理论早已忘记了,反而是那些图画和实验记忆犹新。"

赫尔巴特是一个里程碑式的人物。我们重点探讨了他的"教育性教学"原则。"教育性教学"意味着教学是一项"成人"的伦理活动。在当今工业化、功利性的时代,重申教学的伦理意义很有必要。

两百多年前,赫尔巴特在早年的名著《普通教育学》"绪论"中提出:"不存在'无教学的教育'这个概念,正如反过来,我不承认有任何'无教育的教学'一样,至少在这本书中如此"①。教学不仅是单纯"教授"意义上的"教学",还具有"教育"的意蕴,即教学不仅在于传授知识培养技能,还对塑造学生的精神世界、养成学生的德行负有责任。

赫尔巴特谈到,文学、艺术和历史的教学所采用的方式必须使思想、情感、原则和行为方式互相联系在一起。这点容易理解。尤其像语文、政治、历史这样的学科,其中必然渗透了德育。但与此同时,赫尔巴特也重视数学对人的思维和性格的教养意义。

有关数学的教养意义,我借用了一个案例:某教师在课上即兴自编了一道应用题供学生练习,即有位先生的钱包里共有2 500元,他洗脚花了200元,桑拿浴花了500元,吃喝花去1 000元,这位先生的钱包里还剩多少元?从练习的

---

① [德]赫尔巴特:《普通教育学·教育学讲授纲要》,李其龙译,浙江教育出版社,2002年,绪论第13页。

角度来讲，这个题目没问题；但从"洗脚"到"桑拿"这些消费项目，以及一次吃喝竟动辄花费上千，传递出的不良消费习气可能就影响了孩子。

一位女生就此分享了自己的经历："数学老师是我们的班主任。他在课堂上举出的例子令我至今难忘。在讲到概率时，他举例道：假如你想自杀，买了一瓶毒药，你喝下去死掉了，这是必然事件；没有死，说明毒药可能是假的，这是偶然事件。然后就大谈各种自杀方式。虽然说他的教学效果不错，因为我至今都记得这个数学例子，也许以后也不会忘，甚至只要看到跟概率有关的数学题，我脑海依旧会浮现这句话。但带给我的感受，绝不是获得知识的喜悦。"

以上来自文学院的一个女生提及的事，让我简直难以置信。

不过，也有学生指出：老师的认识也有局限性，不是完人，也会犯错，教学不可能时时刻刻都做到具有教育性。

二

20世纪60年代以来，随着人本主义心理学的崛起，兴起了情感心理学教学理论。这一流派的代表是美国人本主义心理学家罗杰斯的非指导性教学。他区分了"无意义学习"和"意义学习"。"无意义学习"只与心智有关，是发生在"颈部以上"的学习，没有情感或个人的意义参与，与全人无关；"意义学习"则是一种使个体的行为、态度、个性以及在未来选择行动方式时发生重大变化的学习，而不是那种仅仅涉及事实累积的学习。"意义学习"不仅仅是一种增长知识的学习，而且是一种与每个人各部分经验都融合在一起的学习。关于教师的角色，他从"患者中心疗法"推演出教师是"促进者"。教师要发挥促进者的角色，关键在于师生之间人际关系的某些态度品质，即真诚、接受和理解。

"从罗杰斯的视角来反观我的课堂，大家是否发生了'意义学习'？我是否营造了开放、彼此支持的课堂气氛？"我问他们。教学理论的流派那么多，我一直追随的就是罗杰斯吧。我想知道，自己离得还有多远。

一个女孩的发言打破了沉默："意义学习的内涵之一是一种与个人经验融合在一起的学习，我认为这个课堂做到了。你允许我们在课堂上谈及个人经验，或者说，你有意识地引导我们能将个人经验与知识发生关联，没有藐视这个东西。很多别的课堂上的发言都偏概念、干巴巴的，几乎都不涉及个人经验，感觉不适合谈到个人的部分。你是大度的，也是谦和的，这是我所理解的气氛开放的含义。当然，你也是温柔的，是那种让大家觉得你很愿意听我们说出点什么的温柔。刚刚学到的这个词'患者中心疗法'，也让我想到有个上过你的课的学姐在学期初跟我说，你的课像心理治愈课。确实有点像。"

我承认对个人经验的看重，但我更希望与他们一起挖掘出个体经验与情境中所蕴含的教育意义。

又有一位学生说："意义学习的要素包含能让个体的态度及选择发生变化。对于我，这种意义学习是发生了的。之前我并不想做教师。这份工作太平淡，我希望有更澎湃、更融入时代洪流的生活。但这门课听下来，我发现自己的想法变了。你有次说，如果你是一名房地产中介，不太可能在路上遇到一个人握住你的手说：'感谢您五年前让我买下了那套房，我一直记得你。'但对于一个老师，在路上遇到多年前的学生表示感谢的情形却常有发生。当然，也发生过类似某男子当街殴打20年前的初中班主任那样的事情。你有次说起某个教育新闻时眼含泪花，你说儿童为学习付出了很大代价，甚至是以生命为代价在换取学习效果。我对教师这个职业、对于儿童及教学都产生了从未有过的敬畏，也想去贡献点什么。"

我说过的这些话，自己已不记得，因为说过的话太多了。谢谢他们记得这么清楚。若是说过什么不好的话，他们也是记得的了。

有一位学生说："关于课堂气氛，可能因为老师性格平和，总是娓娓道来，很少有观点犀利、剑拔弩张的时刻，这就缺少一种必要的张力，我们很少能争辩起来。另外，个体经验的引入，让讨论的边界有时不明确，有些发言可能跑题，需要老师及时提醒怎样围绕问题而展开。"

关于我的短板，以上发言的男生一针见血。

还有位学生说："罗杰斯谈到师生之间要真诚、接受和理解。我个人认为彭老师已经足够真诚。要做到真诚，其实挺难的。不用说是老师，就是很多父母也做不到向儿女敞开心扉，去接纳彼此的情绪。"

父母比老师的角色要复杂，所肩负的责任更多，心扉的敞开需要更多的艺术。

三

近年来,建构主义、多元智能、脑科学等研究领域的新进展,开拓了教学理论的研究视野。以美国哈佛大学教育研究院加德纳(Howard Gardner)提出的多元智能理论为例,我让学生们思考一个问题:多元智能理论带来了什么样的启发?

因为,我初识这个理论后的感受是与过去那个曾卖力学物理却怎么也学不好的自己和解了,确切地说,是与那个总认为自己愚笨的中学女生和解了。如果有时光隧道,我要穿越过去,拥抱她,跟她说:"不用自责。你只是数理-逻辑智能偏弱而已。在加德纳模型中的九种智能里,你有擅长的部分啊。那就够了。这世上有几个全知全能的通才?"

在学生面前,我极少说起"天赋"(或"天分")这个词,这个词令人泄气和无助;作为老师,我应该多说诸如"水滴石穿""天道酬勤"这类给人以希望的词。当你将一个物理成绩好的人部分归因于他有天赋而你却没有的时候,你都不知道去怨谁;但是,物理不好的你,倘若能深切认识到自己具有别的"天赋",那就被慰藉了。

画画好的孩子,其视觉-空间智能出类拔萃;爱好美食并钻研烹饪的孩子,其自然观察智能不同凡响;足球踢得好、舞蹈跳得美的孩子,其身体协调和肢体动作智能卓越;总能主动去结识他人、广交朋友的孩子,其人际关系智能强。但这些孩子,在学校的标准化考试中,在老师同学的眼里,却配不上"聪明"二字。只有语言和数理-逻辑智能占主导的学生，才能在学校里取得成功，才能配得上"聪明"二字。多元智能理论是对这种传统的单一智力观的批判。

一位女生发言："这个理论让我看到自己在空间智能、内省智能和语言智能上的优势，不再拧巴于那些不擅长的方面。过去我一直认为自己没有任何出彩的地方，也一直是在学校的冷暴力中很失落地长大。我计算能力差，动手能力差，肢体不协调，做广播体操被老师嘲笑为是机器人。但我想象力丰富，看科幻小说的时候能在大脑中复原和构造画面；数学的立体几何从来都是满分，不管什么辅助线我都能找到；写小说参加比赛拿过奖。我不应该不断怀疑自己、否定自己。"

想起一句话"When in doubt, don't."（当你怀疑的时候，不要怀疑）另一个女生也站起来说："我很多科目都不擅长，但在加德纳提及的智能里，人际关系智能是我的优势。从小到大，我想结交的人都成了我的朋友，甚至一个十分内向、不爱与他人交流的人，我都能用七天的时间与她迅速熟悉起来。"

有几个学生都从自我认知的视角做了解析。他们总结出，要更挺拔自信一点，不要总去质问自己为何不如别人，陷入无休止无意义的苛责中；要发现自己的潜能，聆听内心的声音，而不是随波逐流，被周边大环境所同化，不要用外界的褒贬来定义自己。有个女生提到因为认清了自己的优势所在，从物化专业转到了英语专业。

我想到部编版小学语文教材中的一篇课文《当世界年纪还小的时候》：

太阳开始学发光，学着怎么上山下山。它也试过做别的事，但是都没有成功。譬如说唱歌，它粗糙的声音，把这个敏感的新世界吓坏了……那时候，生活就是这么简单。每样东西只要弄明白自己做什么最容易就行了……只要万物都做它最容易做的事，这世界就很有秩序了。

另一个女生的视角则是关于认识别人："我认识到，还是要以更包容的心态认识这个世界，尤其是看待别人。家长们几乎都有偏见，不让自己的孩子和成绩差的做好朋友，好像成绩差就什么都不行，包括品德。这个观点很不全面，成绩差的孩子可能画画好、乐于助人……"

有个女生的视角则是关于未来如何做老师："在我的高中时代，大部分人都是以数学成绩来评判学生的智商的。理科生对文科生的歧视非常严重，甚至老师都认为选择文科就是因为没有能力学好数理化。

多元智能理论提醒了我，不能用单一的标准去评判所有的学生，要发现每个孩子的闪光点，让每个孩子都认识到自己总有优于他人的方面。我的小学老师就做得很好，有个男生虽然成绩差，但特别擅长玩魔方，老师就经常让他来展示，在班里做小老师，后来这个男生在学习上的自信也提升了，这是一种信心的迁移。"

从如何认识自己、如何认识别人，到未来如何对待学生，各种视角之间互相补充。有些方面是我原来没有想到的。接下来，我与他们还探讨了如何在教学中引入多元智能，如何基于每个学生不同的认知方式，创造更为丰富的学习环境。

末了,让我们记住加德纳所说的:每个孩子都是一个潜在的天才儿童,只是经常表现为不同的形式。智能是多元的,大多数人是有可能将其中一种智能发挥到令人满意的水平的。回到我今天的开场白,请遵从自己的天赋,坚信你的珍贵。

这也刚好是今天所讲的罗杰斯的"意义学习"的达成。我们学习任何教育理论,要探讨这些理论如何与我们的过往与未来发生关联;而最极致的方式是运用,用这些好的教育理念重新将自己培育一次,滋养自身的生命。这才是真正的"意义学习"。

上面的这一段话,几乎可以成为我每次课的结束语。

课结束后,一个男生上台,问什么时候会播放他写下的歌曲。我问他当时写下的是哪几首,他在歌单上指了指,我随之做了标记,答应他下周课间一定播放。我每次都是随意挑几首来放,没想到他们会在意能否听到自己点的歌。这份纯真,让我似乎受到了净化。

学生来信

敬爱的彭老师:

您好。在写这封信的开头时,我在"敬爱"和"尊敬"中选择了"敬爱"这个词,因为我觉得"尊敬"过于疏远,而"敬爱"能够表达我对您的尊重与爱戴。

您真的是一位非常温柔知性的女子,上您的课让我感觉沐浴在春风里，即便东风刮着脸颊，即便早起有特别大的痛苦，当走进教室，上您的课后，感觉一切的严寒痛苦，都变得温暖明媚起来。谢谢您，让我研一的生活有了一份温暖，缓解了紧张焦虑的情绪。因为跨专业的原因，我是带着不安和自卑走进学校的，我觉得自己的知识和能力都不足以成为这个专业的学生，但是在第一节课后，我觉得一切都可以慢慢来。您像清泉一样缓缓流过我焦躁的心房，真的特别谢谢您。

另外，其实我不知道教师究竟该是什么样的。之前的实习经历，让我看到"新东方""学而思"的教师上课都是非常激昂且幽默的，我认为自己的性格无法做到这样的上课风格，于是我就对自己能不能上课产生了怀疑，但是，看到您之后，我觉得只要给学生足够的爱，无论什么风格，学生都会因为感受到了爱而喜欢这个老师。所以，您真的是在言传身教，让我学习到了教育教学的魅力。

最后，谢谢您看到这里，我的字丑（捂脸），爱您。

夏同学，2020级学科教学（历史）专业

第十章　且读且思且写
——过一种有深度的生活

开场白

亲爱的女孩们、男孩们:

早晨好。我来得过早,先绕着教学楼旁的小河走了一大圈,感受到了冬天的萧索。空气着实寒冷,所以我鼻子红红地站在了这里。先跟同学们分享这几天刚读完的一本书吧。

这本书来到我身边,很偶然。不过是某一天读到他人的一句引文,"我们读书,而后知道自己并不孤单。我们读书,然后就不孤单,我们并不孤单"[①]。

从遍布小说各处的众多书名来看,毕业于哈佛大学英美文学系的这位女性作家,该是博览群书的人。当然,这一小说本就是关于书、书店和一群爱书人的故事。例如,警长兰比亚斯就是书店的常客,为了使自己的到访理由更充分些,他买书,为了不浪费这些买书钱,他也就真的阅读那些书,并且主持了多年的"警长精选读书会"。

---

① [美]加布瑞埃拉·泽文:《岛上书店》,孙仲旭译,江苏凤凰文艺出版社,第259页。

小说的主人公费克瑞是岛上书店的创办者。费克瑞卖书、爱书。他和妮可两人放弃文学博士学位的学习，回到妮可的家乡艾莉丝岛开了这家书店，一幢维多利亚风格的紫色小屋。因为按妮可的话来说，"一个地方如果没有一家书店，就算不上个地方了"。妮可死于一场车祸，在她走后的很长一段时间里，费克瑞整日借酒浇愁，浑浑噩噩。直到有一天，有个陌生人在他的书店里留下一个两岁大的叫玛雅的女孩和一张纸条。费克瑞后来与另一个爱书人阿米莉亚结了婚。

令人惋惜的是，小说的最后，在玛雅高中时，费克瑞因患上了一种罕见的脑瘤而去世。但事实上，费克瑞仍在以某种方式继续存活。此时的玛雅，已经被这对爱书的父母培养成了一个妙不可言的"书呆子"了。我想，她一定会坚持阅读和写作，她已经在这方面崭露头角了，她该会记得父亲曾留下的纸条，"要是你写不下去，读书是有帮助的"；读某一本曾经只觉过于平常如今却令人泪流满面的小说时，她该会想起父亲曾说，"读小说需要在适合它的人生阶段去读……我们在二十岁有共鸣的东西，到了四十岁的时候不一定能产生共鸣，反之亦然。书本如此，生活亦如此"。想要了解一个人时，她该会想起父亲曾建议的，只需问对方一个问题："你最喜欢哪本书？"当她在考虑婚姻时，该会记得父亲曾说，"要是有谁觉得你在一屋子人中是独一无二的，就选那个人吧"；当她想念父亲时，她该知道还可以去读父亲读过的书，因为他曾经就生活在这些书里，书里散落着他的心。

总之，这是一本关于书，也关于爱的小说。而我今天要跟大家谈论的主题也涉及书，关乎教师的阅读，关乎教师的思考，也关乎教师的写作。

一

气温越来越低，已到了零下。早起看完《岛上书店》的最后几页。

今天的开场白就谈论这本书吧。穿一件紧实的黑色及膝大衣出了门。寒风中，担心起孩子，每年十二月中旬到一月上旬，他常常生病发烧。连续几年都是这样。

进了教室，孩子的事也就抛之脑外。眼前的大孩子们，也都穿得跟圆滚滚的小熊似的。按照教材的专题，这学期的教学任务已基本完成。这一次课可称为"动员大会"，动员什么呢？动员未来要为人师的他们，从现在起，保持阅读、思考与写作的习惯。

先从"阅读"开始。"阅读"虽是老生之常谈，但仍要长谈，是因为我在大学里强烈地感受到了一种阅读的危机。

"我的阅读习惯已经被网络速食推文搅得稀碎，抖音、手游、综艺充斥着我的业余时间，有时间玩手机却没有时间来读一本书。上了大学后，我一学期都看不完一本书。大家好像也都满不在乎，图书馆的座位也只有在期末前两周才座无虚席。"

"从那些绚丽动感的短视频里，我们获得快乐越来越轻易和直接，而渐渐没了耐心去阅读那些需要时间和思考才能获得快乐的书籍。我已经很久没有完整地看完一本书了。当美国文学这门课的老师要求我们半个学期读完一本名著时，我们都叫苦不迭。"

"当下的大学生活中充斥着一种焦躁感，甚至从大一开始就已经在为前途而深感担忧，那种在高中的紧迫感并未消失，反而生存的危机感愈浓愈烈。我们会担忧自己的专业不能为理想的工作提供坦途，所以焦虑地开始做两手准备，于是马不停蹄地找实习、充实简历。在无穷无尽的焦虑和忙碌中，我们越来越难放慢步伐去好好读一本书，连洗澡都要掐表，生怕浪费一分一秒。"

"现在我只是习惯在网络上看一点别人对一本书中某一段提出的品评，看完这点东西就权当我已看完了一本书。可能并不完全是我的原因，我身边确实缺少那种静心阅读的氛围。"

"我读过的书很少，因为只要学会答题的套路，就能在语文考试里拿个还算可以的分数。语文的考试成绩大家都差不多，数学才是拉分的学科。所以我大半的时光全留在了试卷堆里，留在了函数和坐标里。上了大学，我的本专业是日语，但我日语书籍看得也比较少，看绘本和漫画倒是多一些。"

以上都是学生们曾写下的。短视频、网游、综艺、答题套路、环境的浮躁、生活的快节奏，都让当下的阅读越来越难。美国作家威廉·鲍尔斯（William Powers）在《哈姆雷特的黑莓》一书中提到，在数字时代，我们正失去生活方方面面的深度：思想的深度、情感的深度、人际关系的深度以及工作的深度。

在研究生复试环节，如若遇到"你在本科阶段有否看过教材之外的专业著作？"这类问题，很多学生虽能答出几本书名，但你若再深挖一句，对方便答不出来了，为了避免被继续追问，对方倒也坦诚："我只是在网上看过该书的第一章。"

将来要做老师的人，不读书又何以给他人授业解惑呢？这也是为什么虽说老生常谈，但我还是要多谈，就像打广告一样，打得多了，不断地强化，"多读书"才更可能进入潜意识，变成我们的信念和习惯，变成我们的一种生活方式。这就是广告心理学。

当我们站在讲台上，只能照本宣科、捉襟见肘时，多是因读书太少。当一段时间里，我们"照镜则面目可憎，对人则语言无味"，就是因读书太少。在苏霍姆林斯基眼里，阅读是一天也不能断流的潺潺小溪，它充实着思想的江河。他为此提出了"终生备课"的思想。

广学博识的教师，自古以来都受欢迎。一代国学大师钱穆在回忆录《师友杂记》中提到自己七八十年前的小学教师时，能想得起来的几个老师都是"有学识"之人。例如，其中有记载说"顾师（指顾子重老师）学通新旧，尤得学生推敬"[1]。你瞧，在一个小学生的眼里，"学通新旧"的老师更受人拥戴。即便是作为一个小学数学老师（一个很多人认为不需要看书的角色），如果你的教学中有数学家的奇闻轶事、有那些伟大而无解的猜想，如果你能跳出小学数学的视野，从历史的角度、以哲学的态度与孩子们一起看待数学，你的数学课就有了文化的意味。

---

[1] 周勇：《江南名校的中国文化教育》，教育科学出版社，2008年，第71—72页。

有次在一个中学的走廊上，迎面而来的数学老师手中拿着一本厚厚的、白灰相间封面的《几何原本》，我知道那是古希腊数学家欧几里得的著作，我就想这个数学老师上课一定不枯燥，果然后来听他的学生说他的课很有意思。还有一次，我看到一个初中物理老师的办公室里有全套《费曼物理学讲义》，我立马对这个老师多了几分崇敬。

而我眼前的学生们也都记得那些爱阅读的恩师。

"初中二年级时，我的语文老师是一个姓王的中年男老师，他上课时除了会讲课本上的相关知识，还能从一个句子、一个词语联想到各类知识，他会在黑板上画什么是冷锋、暖锋，告诉我们数学界有趣的故事，一节语文课上下来我们学到的知识远远不止书本上的那些东西。一个好的老师应善于寻找学科与学科间的联系，将知识用一种生动的方法教给学生，而这种联系正是要在广博的阅读中寻找的。"

"我们的语文老师不仅仅是一名语文老师：在讲到曹操的生平背景时，她是历史老师；在讲到《三峡》的美景时，她是地理老师；在讲到两弹元勋的时候，她是科学老师……"

"爱阅读的教师在举手投足之间总是带有别样的气质。高中的语文老师——邱老师——在包里时常带一本书，无论是等车间隙还是开会候场，都看到过她在低头读书。邱老师年龄接近退休，但是气质却依旧优雅，我们都称她为'邱女神'。"

当知识更新的速度加快，意味着老师必须不断吸收新知；当网络如此便捷，我们在学生面前失去了信息优势与知识垄断，意味着老师更要阅读。

近几年来，不断有新闻谈到名校的博士，包括清华北大毕业生去中小学竞聘教师，有些人表示这是大材小用，人才浪费，读了这么多年的书，教个中小学。但是，这怎么会是浪费呢？教师是怎么博学都不够的。

下周的课便是一场读书会。我已收到积极的反馈。一位来自信息工程专业的学生写道："我十分庆幸并感谢彭老师这学期每次课都强调阅读的重要性。当我读完一本书，我觉得自己又是一名纯正的学生了，不再是疲于应付的学生，而是读书思考的学生。"

二

如果说读书滋养"底气"，那么思考带来"灵气"。接下来，我要动员他们养成思考的习惯，因"学而不思则罔"。通俗地讲，就是希望他们爱琢磨。不仅琢磨读过的书，也琢磨怎样在课堂中变换提问的角度，琢磨如何激发学生的学习动机，琢磨让后进生怎样跟上来。不仅琢磨教材说了什么，还琢磨为什么这样说。好的老师会用反思不断为课堂做出选择和判断。

于漪花了很多时间来琢磨如何上好课。执教初中一年级的《春》这篇写景散文时，她写了三次教后记。第一次执教后的思考是，有些地方过于细碎，要改进。第二次执教时吸取了前次教得细碎的教训，但她认为写作上反映的效果不及前次，她由此总结：纠正教学中的缺点时，不能把长处也甩掉。第三次执教时，整个教学构思作了较大的更动，加强了单元教学，课文的导入重新作了设计，也加强了思维和语言的训练，这次的学习效果好。从"教后体会"、"又教后记"到"再教后记"，无不体现了一个教师一直在反思教学。

与他们从杜威在20世纪30年代就提出的反思概念开始谈起，这种思考是如何不同于一般的思考，这种思考的意义是什么。作为教师，如何来进行反思？如何提升自己反思的层次？就跟他们从哈特顿、史密斯、布鲁巴赫，一直谈到马克斯·范梅南和瓦利的观点，重点分析了范梅南的反思三层次论。

教学是一件复杂的事情，很少有单一的真理，我们需要长期深入地思考正在做的事情。"帕斯卡尔说人是一株会思想的芦苇，笛卡尔则说我思故我在。从最表面的意思上来说，就是只有你思考，你才存在。"

这样解释时，我有点心虚。果然，当天下午我就收到一篇近400字的质疑，来自英语师范专业一个姓陈的男生："当时的哲学发展到了思考我们所处的世界是否虚幻，我们自身的存在是否真实的问题。在这种背景下，笛卡尔就说，虽然我无法确定周围任何事物的真实存在与否，但至少有一件事是明白无误的，那就是我正在思考这个事实。从这个事实，就能推导出'我'之存在。

由此，这句话的意思并不是单纯强调思考的重要性……将之翻译为中文时，时人相对简练地译为'我思故我在'。虽然的确简明易懂，但是却会让人误以为只有'思'才'在'，不'思'就不'在'了。显然，这是一种误解。"

可见，在讲台上的你要么斩钉截铁地言说自己彻底弄明白了的东西，要么就干脆闭嘴。

三

第三个环节，就是动员他们"写作"了。教师还要"写作"，太难了，太较真了吧。

别把写作这事想得高大上。写作无分贵贱，每个人都可以写作，因每个人都有无法复制的人生经历和心理世界，只要是真实的，就必定是独一无二的。我认为，不仅仅是老师，各行各业的人都该写写他们的职业生活。这些故事不应该完全交由职业作家的所谓"采风"来写成，他们的经验与灵感毕竟有限，写出来的东西也易失真。只有日日身在行业内，年复一年，才拥有真实可信的一手资料。律师、医生、化妆师、手艺人、记者、摄影师、画师……他们有不同的职业场景、对象、事件、细节与感受。你看，像专门打离婚官司的律师，他们都可以成为小说家。在离婚面前，人性的善与恶、美与丑，内心的阳面与阴面，都淋漓尽致地暴露无遗，人性在利益面前是多么经不起考验，这样的小说可以写得多么精彩啊！

有一个叫陈年喜的爆破工人写了几十年的诗，还出了几本诗集，有些诗是在钻岩洞时突然想到的，有些是趴在炸药箱上写完的，有些是随手写在烟盒或是碎纸片上的。我仍记得他的诗："我在五千米深处打发中年/我把岩层一次次炸裂/借此/把一生重新组合……"这些诗直白而富有力量。

对写作的重视，国内的很多高校做得远远不够。而在国外的顶尖院校的本科生培养中，写作是通识教育的重要组成部分。例如，普林斯顿大学除了每年开设超过100场写作研讨班，并且要求本科新生必须参加外，还通过建立写作中心、运营刊物、开设课程，形成了完整的普林斯顿写作计划（writing program）。令人欣喜的是，从 2020 年秋季学期开始，写作课正式成为清华大学全校大一新生的通识必修课，清华大学也成立了一个专门的写作与沟通教学中心。

平常我在批阅学生的作业时就发现，不少学生没有掌握写作的基本规范。例如，不会分段，一个段落近千字；长句太多，一个句子多达六十字；以为要引起重视，就是多用感叹号，结果反而冲淡了文字本身的力量；主题不明确，泛泛而谈。还有更严重的情况，例如，要写某一本教育学名著的读后感，结果全文看下来，根本没有提到这本名著，不知是读了哪本书；从该名著联想到了另一名著，一半的篇幅都花在另一名著上了；读后感写成了作者生平和内容简介，毫无自己的见地。你会读得直跺脚。

我对师范生动员的这种写作自然不会要求他们像职业作家那样去写作（如果有这个能力当然好），而是希望他们首先能将自己的教学生活如实地记录下来。"流水账"就"流水账"，记着记着，有一天，你会慢慢地不满足于记"流水账"，你在对琐碎事务的描述中开始有了取舍、归类和整理，整理中逐渐多了几句感悟，之后还会多了一点分析，你会渐入佳境。这种记录，会让我们重新发现这个世界，发现更多生动立体的学生。有些老师时有感悟，但未必写了下来，很多思想的火花稍纵即逝。

我倡议他们从学生时代写日记。日记本犹如一本成长纪念手册，能让我们清楚地看到自己的变化过程。当习惯了记录当下的学习生活，工作后也更易去记录职业生活。我问他们是否写日记。举起来四五只手。我先问那些没举手的："为什么没有写呢?"

一个化学专业的学生说:"我没有写日记的习惯,之前有断断续续地写过一两年,但写下的好像都是对这个世界的不满,所以我把它烧了,就像烧掉那些不愉快的经历。"我猜这样做并不能成功烧掉不愉快。而有时写下来是一种转移,可能就放下了,卸下了一个负担。

另一位学生说:"我不是一个喜欢写日记的人,从小就没有养成这种习惯,也因为字太丑了,以至于影响自己的观感。最主要的原因是,我总觉得我的人生里没有经历过大起大落,也没有过很多快乐,脑海中空无一物,只觉得每天都平淡无奇,都是重复,没什么可写的。"似乎无事可写,该是代表了大部分学生的心声吧。可是,当你试着去写,你会发现,日子固然有重复之处,但每天定有所不同。也有些学生说,一提笔不知道写什么。可是,如果你想不出怎么开头,可以从中间开始写啊。

还有一位学生说:"因为以前的日记被家长偷看了,就再也不想写了。我妈挂在嘴边的话是:'你跟妈妈之间还要有什么秘密?'"家长的做法令人惋惜。孩子有了秘密,是走向成熟的标志,意味着他们不再是一种完全开放的存在,有了独立的内心世界。

还有个学生面带不屑:"写了又有什么用呢?发发牢骚,日子照样是要过下去的。"

我转而问了那几个写日记的女生为何能坚持下来。

其中一位女生说:"我觉得生活中的事情只有用笔写下来才会觉得真正经历过,因为害怕遗忘,更因为想珍惜当时的时光，就有了用笔记录日常的习惯。也就是博尔赫斯的那句话：'我写作，不是为了名声，也不是为了特定的读者，我写作是为了光阴流逝使我心安。''使我心安'这几个字最确切。看着日记，你会感到逝去的时间都有所凭依，也就安心了。"女生向同学们诠释了日记的意义之一。她让我想起了马尔克斯的自传《活着为了讲述》，该书的封底印着几行大字："生活不是我们活过的日子/而是我们记住的日子/我们为了讲述而在记忆中重现的日子。"①

另一位女生说道："上大学之后，我慢慢用手机备忘录取代了纸质日记本，但幸好我一直在记录生活点滴。我认为，人的记忆容量是十分有限的，当我重新回看自己写下的随笔时，发现很多细节在脑海中浮现出来。不论是快乐还是痛苦，都会随着时间慢慢消散，而日记能或多或少帮我留住那份感觉。这种由文字记录的和照片截取的瞬间不同，文字能让你身临其境地感受情绪的变化，生动而立体。"女孩叫徐欣然，关于日记如何不同于在朋友圈里发几张照片，她指出来了。

在我看来，时间似巨大黑洞，不停吞噬诸多细节，不知可以剩下多少微小线索。人的记性，终究是一个不牢靠的东西。许多在脑海中划过的念头，如果不变成白纸黑字，它们很快就渺然不见，日后再也寻它不着，如大多数梦，梦醒后就忘却了。相比于文字的记录，拍照会流失掉很多细节。例如，你假期回到家乡，妈妈费时大半天给你做了一道你小时

---

① ［哥伦比亚］马尔克斯：《活着为了讲述》，李静译，南海出版公司，2015年，封底。

候很爱吃的本土特色菜。你若仅是拍下照片，日后虽看得到照片中美食的颜色，但闻不到它的气味，可能忘却自己是在何种心情下品尝，到底有多么好吃，这道菜又如何唤醒了你记忆中故乡的味道、童年的味道、妈妈的味道，也是被爱的味道。

还有一位女生说："我是从小学时就开始写日记的，到现在我的日记本已经装满一个箱子了，静静地摆在我的衣柜里，每年回去都看看。看着日记，很多时候我都不记得那天发生的事情了，但字里行间透露出的憧憬与期待仍旧在几年后的某个春日午后，与窗外透进的阳光一起，温暖着现在的我。我希望自己今后做了老师，也能在教学日志上呈现出无比生动的故事，记录下每一个独特的学生。"女孩叫周诗妙，我想，那一箱子的日记本，就是她的精神宇宙。

坚持写日记的人，精神成长比同龄人总要快一点。因为，我们不仅在记录生活，也在寻找自我。阅读和写作，都是一个人的事儿，是跟自己的独处。在独处中，我们得以清晰地看见自己的成长轨迹与想要到达的地方。

还有一部分学生偶尔会记一记。"每当我特别气愤、感动、迷茫的时候就会写一写，气愤时就当情感宣泄，记录感动是为了延续感动。迷茫时记下一些很沮丧的负能量，写着写着突然觉得自己怎么变得如此牢骚满腹，青年人的朝气和志气全无，然后以自我和解为结尾。""每年写两次，生日一次，过年一次。"

当一个学生说："我有时看完电影会写很多，也会把晚上做的特别奇怪的梦趁着刚醒来尚有印象的时候写下来。"我想起了《在路上》的作者凯鲁亚克，这个从十来岁就开始写日记的人，去世时积累了两百多本，他有一个本子专门用于记载他的梦境，早晨醒来时即写。

四

我与他们分享了自己所写的三篇教学日志中的段落。第一篇日志，是关于教学中的遗憾。

今天的课讲到"参观法"时，一开始有学生回答去了某场馆参观，我当时为何不追问一下，让他细说一下那次参观是如何组织的、有何收获，而后引出该如何运用参观法。学生们的回答就是一种生成的教学资源。上次课也有这样的遗憾，谈到国际学生评估项目（简称PISA）中的测试真题与我们所想象的如何不同时，一个女生就提到她中学时被随机选上而参加过上海的PISA测试。何不邀请她讲点有关测试的题目、过程及感受？但我当时被提前准备的素材、预设的进程所牵引，竟没有想到这一点。我的反应总不够敏捷。教学真是充满遗憾的艺术。

反思每一次课，没有哪一次课是没有遗憾的。当遗憾被记下，下一次课可能就会少些遗憾。第二篇教学日志，是批改期中作业后的感想。

忽而立夏，海桐与樟树的花香混合在空气里。今天一天都没有出门，坐窗边集中阅完了四十份期中作业。

我很感谢他们交付给我的坦诚。这是师生之间的纯粹与信任，我很珍惜。他们都是好孩子。有的只是写了一位老师，有的则是写了从幼儿园到高中所有的学习阶段。我由此了解到他们多种多样的教育环境与遭遇，他们的悲喜哀愁，他们身上的"刀疤"；还有，他们都会感恩。有的写得朴实，有的文采斐然，但都是真情实感，我没有读到过任何一模一样的案例。

我跟着他们从玩玩闹闹、嘻嘻哈哈、放飞想象力与好奇心的幼儿园，走到开始注重排名和成绩、有了"好生"和"差生"之分的小学，再到一切为了考大学、分数与考试占据他们全部世界、竞争与压力让人喘不过气来的中学阶段，他们也从稚嫩天真的儿童变成了翩翩少年，待走到我跟前时，他们已是意气风发的青年。字里行间，都是未来教师队伍的希望。

第三篇来自对一个学生发言的思考。

今天的自由发言中，来自英语师范的一个女生落了泪，"我从小就是学习机器，在高压环境中长大。小时候，一道应用题没做出来，我爸拿起一包牛奶就砸了过来。这个画面我一直记得。现在每周与我爸通一次电话，他反复问的总是：考研要考哪个学校，毕业要找个好工作。他们从来不问，伙食怎么样，谈恋爱了没……"

作为一个小学生的母亲，她的泪水让我反省：我们做母亲的，如何回到一种古老的关怀与慈爱，甚至说优雅？因为一张试卷、一页作业就气急败坏地咆哮的我们，断然是不优雅的。我说的"古老"，类同于油灯下"慈母手中线"的场景，而不是质问这次考试排名第几；是在厨房里，像我们的母亲那样，做出让孩子终生回味的妈妈牌菜肴，并且告诉他，若有什么好朋友，带到家中来吃饭；是问问他昨晚做了什么梦，今天学校的午餐是哪几个菜，班级里有没有趣事，最近读了什么故事可分享，给奶奶挑选一份怎样的生日礼物……学习当然重要，但远远不是生活的全部。

通过这些日志，我想让他们知道，不必纠结于思想是否深刻，教学反思可以是对教育情境的还原，对自身体验的感性描述，即一种教育现象学的写作。如果非得写出一篇像论文般严谨的反思，我们下笔前就会生出很多畏难的情绪。

我写的也都不是什么大事件，但于我都有别样的意义。日子原本平凡，正是在书写后，它显现出了某种光芒。事实上，我常有这样的体会：好些事，当你写下后，它们才变得浪漫起来。阅读别人的作品固然会影响自己，而你自己写下的文字，也能影响和滋养你自己。一次次回看时，你会强化自己的学生观、职业观、价值观。

关于如何写，我尤其叮嘱：当你写下时，请尽少用网络语言。请别写，这个蛋糕"绝绝子"，这个学生"卡哇伊"，也别用"咱就是说"，或者再加一句"把我给整破防了"。昨天看一份学生作业："热爱教育事业，是搞好教育工作的基本前提。"为什么用"搞好"呢？我们有那么多更典雅、更有美感的语词，为何不用呢？另外，也不要成语连篇。因为成语的产生，是在众多的现象里概括出一个东西，像个符号一样提出来。例如，你说彭老师"总是好为人师，自以为是，盛气凌人"；又如，"他担心哮喘根本就没好，随时可能会卷土重来。后来更是严重到了疑神疑鬼、杯弓蛇影、风声鹤唳、草木皆兵的程度"。成语太多就是典型的学生腔，没有弹性。

五

最后，我期许他们从现在开始书写，也有我对自己的勉励。如果你以前没有这样去做过，无论你现在处于什么年龄都来得及，你看，小说《秋园》的作者杨本芬，本是一个汽车运输公司的一名夜班加油工，退休后从花甲之年才开始写作。

愿我们都能成为一个终生的阅读者、思考者和写作者，以此抵御威廉·鲍尔斯所说的生活深度的丧失。让我们都过一种有深度有质感的生活！

下课后，历史系的一个男生很应景地要与我谈"阅读"这件事。他看的书很多，谈话从戴维·温伯格（David Weinberger）的《知识的边界》这本书开始，随后又谈到了宗教和科学。他很健谈，半小时没有停下来。

当天，我收到两封学生的邮件。关于写作，一个学生谈到了自己中学的语文老师："我很喜欢愿意和学生一起写作的老师，哪怕只是共同应对一道作文题。在这题目面前，我们都是平等的解题人。写完后，我的老师总会与我们分享她的答案。每次考完试，我都很期待她的作文版本。"当教师能"下水"亲历写作过程，体会其中甘苦，就能以自己的写作体验和经验更好地引导学生的写作过程。

另一个学生写道:"你的动员让我起心动念,同学们的发言也感染到了我。下课后,我即刻跑去街边挑了一个日记本,封皮有亚麻的质感。你今天所引用的来自《契诃夫书信集》中的话——请您尽可能多写一些!写、写、写……一直到写断手指头为止——我抄写在了扉页上。"

她忆及的契诃夫的话,让我还想到了马尔克斯说过:"对死亡的恐惧支撑我一直不停地创作,没有什么能阻止我继续写下去,如果我就此停笔,那我可能很快就会死去。"

我也有对死亡的恐惧。一个医生朋友跟我说,她也有死亡的焦虑,所以特别不舍得去娱乐,看到患者都在拼了命地想多存活几日,就想自己一定要把自己"活出来"。

如同医生,教师也要把自己"活出来",给学生做示范。为了能做好这一示范,故坚持阅读、思考与书写。作为一个撑渡人,我是多么感激船上的渡客。

学生来信

最最亲爱的彭老师:

您好!不知道您还记不记得我。我思来想去还是觉得该给您发一封邮件,以表示我内心的感谢和激动。

直到上了您的课,我才知道原来风吹过竹林的声音会这么动听,从头顶掠过的鸟儿会有雪白的圆滚滚的肚子;原来冬日的阳光洒在银杏树叶上会这么美,这么温暖。这些小小的感触让我觉得自己比以前更像一个"人",而不是一台运转不停的机器。也是因为您的建议，我才尝试把这些小小的感动写成日记，或者是拍成照片放在相册里。您教会了我留意生活中的处处美好。现在的我面对繁杂困难的事情好像都多了份底气——只要我翻开日记本、打开相册，我就能从这些美好的事情中汲取力量，继续前进。

课堂结束后的拥抱，也是我思来想去、措辞许久才冒昧跟您开的口。非常感谢您当时能够应允。这个拥抱对我来说意义重大。如果以后我有学生，我也会去拥抱他们。您教给我浪漫和温柔的情怀，更教会了我爱和被爱。这是父母都不曾教给我的东西。

想说的话总是很多，写下来却只有寥寥几笔。当我写这一封邮件的时候，在我心中涌动的感动和温暖，的确是没有办法用言语去准确地表达出来的。

最后，希望温柔又可爱的彭老师能够天天开心。爱你！

高同学，2020年（辅修）教育学班

第十一章　冬至共读
——桥本是育人即育己的典范

开 场 白

亲爱的女孩们、男孩们：

晚上好。

好开心见到你们。这里有我正在教的班级，也有即将在以后的课堂里相识相知的2020级的新同学们。有老朋友，也有新朋友。欢迎你们的到来。

当身处你们之中，我已经意识到，今天最重要的不是手头这本粉色封面的小书，而是我们在一起。我们热气腾腾地汇聚在同一个物理空间里，将共度两个半小时。而这两个半小时还是一段十分特别的时光——冬至的夜里。

冬至是苏州古代历法中的新年，周历过年的日子就是冬至这天，要更易新衣，备办饮食，互送节物，享祀先祖。虽然后来历法变更，但到南宋时吴地也仍有"肥冬瘦年"的说法，即重冬至而略岁节。到如今，苏州人同样十分重视冬至节。有些本地的同学放弃了今晚回家的打算，有些恐怕还取消了与恋人的约会。谢谢你们的捧场。

冬至日是北半球白昼时间最短、黑夜最长的一天。黑夜那么绵长而缓慢，尤其是古人的黑夜，想必更是漫漫。该做点什么呢？一千多年前，诗人白居易写下："绿蚁新醅酒，红泥小火炉。晚来天欲雪，能饮一杯无？"我家新酿的米酒还未过滤，酒面上浮起的酒泡，颜色淡绿，细小如蚁，香气扑鼻。用红泥烧制成的烫酒用的小火炉也已准备好了。天色阴沉，看样子晚上即将要下雪，能否一顾寒舍共饮一杯暖酒？

冬夜除了适合和友人把酒言欢，也适合读书。林语堂在散文中写道："或在风雪之夜，靠炉围坐，佳茗一壶，淡巴菰一盒，哲学经济诗文，史籍十数本狼藉横陈于沙发之上，然后随意所之，取而读之，这才得了读书的兴味。"[①]

冬夜荒寂得似乎只剩辽阔而静谧的时间，因而也适合沉淀和总结。作家刘亮程写道："冬天，有多少人放下一年的事情，像我一样用自己那只冰手，从头到尾地抚摸自己的一生。"[②]

如他们那样，我们也在冬夜一起来交谈、读书和沉淀吧。

一

每个学期安排一次读书会，是我的教学惯例。读书会的书目，每个学期都在变换（若想偷懒，也可以不换，因为每学期都换一批学生），撑渡的人决意向弗朗茨·卡夫卡说的那样，"抵抗自己的局限性与惰性，抵抗这张办公桌和这把

---

① 林语堂：《给思想一个高度》，万卷出版公司，2013年，第10页。
② 刘亮程：《风中的院门：刘亮程经典散文》，山东文艺出版社，2010年，第30页。

椅子",从而多读一些书,并且是熟读。倘自己不反复吟读几遍,站在讲台上就会心虚。这学期列了三本书让学生们选,最终他们择定《全世界都想上的课》。书名虽有几分商业营销之嫌,但值得一读。而且,该书不厚重,文字不晦涩,内容不枯燥,学生能读得下去。想要这个年代的学生沉下心,去深度阅读一个大部头,按他们的原话讲,是"反人性"的。

学生们建议将周一早上的读书会改到冬至夜。我欣然应允。在冬夜同他们一道围书而话,我还未体验过。以前的课都排在白天,但去年秋冬学期因各种原因,有一门课不得已排在了晚间。当夜幕降临,本是归家之时,我一开始不太适应。但后来却觉出了在夜间上课的各种好处来。学生们不需要再赶赴下一个课堂,没有白天忙乱,心就像窗外的黑夜一样沉静了几许。下了课,与他们一起走在校园小径上,夜气清如许,抬头仰望,时有星星忽隐忽现,偶尔有皎洁圆月,有几个学生常常与我聊着天,就把我送到了地铁站口。

冬至夜读书会时间定在六点半开始。开场白后,我跟他们说,以上这些话,就算是今天给大家打的招呼了。正如书中的桥本先生,上课前总是先聊点别的。作者回忆:"每次上课前,先生总是先讲一讲身边发生的一些事情。比如已经毕业的谁谁谁来找他了,说了什么什么;比如看了昨天的新闻,生出了这样那样的感想等等。对我们来说,这就是每次见面时先生所打的招呼。"[1]

---

[1] [日]黑岩祐治:《全世界都想上的课:传奇教师桥本武的奇迹教室》,王军译,教育科学出版社,2018年,第107页。

今晚，我们都带着一颗真心来到这里，我们要一起分享的其实不是一本书，而是一个人物。这本书并不属于某教育家的经典名著，不像柏拉图的《理想国》、卢梭的《爱弥儿》或杜威的《民主主义与教育》那样在教育史上举足轻重。这本书的作者黑岩祐治只是一个从政人员，是1968年开始在桥本的学校里读初中一年级的学生而已。他们的师生关系开始的时候，桥本已是一个55岁的中老年人，头发已经花白。先生活了101岁，在他的记忆中，先生就一直是一个老人。

这个老头穿戴时髦，能量十足，用学生的话来讲就是"周身能量深不可测"，总是好奇心十足，个性十足。正是这个时髦的老头，让一所被称为"渣校""破落户"的私立学校成为东京大学的预备校，成为日本名副其实的第一中学。在作者所在的那一届毕业生里，共240名毕业生中就有150人考入了东京大学。如果仅仅从高考成绩来评判他的教学，我们采用的仍是狭隘的应试教育标尺。更重要的是，从桥本这儿走出的学生并不是书呆子、做题家，很多都成为各行各业的领军人物。在人生这场没有标准答案的大考试中，学生们交出了一张张令人骄傲的答卷。

学生们视桥本为"恩师"，如果仅用一个词语来形容，他们说得最多的是"幸运"。是啊，遇到一个好老师，是一生的幸运。桥本将他许多的年华和才华都献给了学生，也成就了自己。陶行知先生说："教员的天职是变化，自化化人。"桥本做到了，自化亦化人。

回到书名，全世界都想上的课是什么样子的？一堂好课，完全可以是多种多样的。这个问题必定没有标准答案。接下来，让我们一起来赏析桥本给出的参考答案吧。

二

首先，我们探讨的主题是"桥本式的教学"，围绕桥本式的"教学内容"和桥本式的"教学方式"展开。

桥本所用的是自己选定的国语教材，一本纯手工教材，而不是文部省（类似于教育部）审定的国语课本。难怪他的学生说："初中三年根本就没见过课本长什么样。"

桥本用的什么教材呢？是日本作家中勘助的自传体小说《银汤匙》。教材由桥本亲自用钢板刻印。刻印又叫油印，就是把蜡纸铺在钢板上，再用铁笔把字一个个刻写在上面，刻写完成后，再用滚筒油印机印到纸上。钢板刻写需要时间、耐性和体力，而桥本由于曾经对自己的刻写技术不满意，还特地报了函授学习班，自费购齐了刻印工具。桥本是把刻印当成一种艺术在追求。

对此，一位学生说道："桥本自制教材一事，让我想到了您推荐的《教学勇气：漫步教师心灵》。这本书我还没有看，但对'教学勇气'四个字印象深刻。若采用文部省的教材，那么教师用的教学大纲、教师指导用书、学生练习册等都配备好了，会很稳妥和省心，而自定教材，就是从零开始。桥本当时真像在创业，体现出了一种巨大的教学勇气，因为创业不仅要付出更多艰辛，创业还可能会失败。

桥本由此足足花了一年的时间来准备。他放学后留在学校研究，太晚了就把资料抱回家，吃完晚饭，再接着研究，经常到凌晨两三点。对于小说中的历史、文化、风俗、典故等，他进行了彻底的调查和研究，专门写出了一本《〈银汤匙〉研究笔记》）。他就像最初的创业者一样，很辛苦，很冒险，也很坚毅。"

发言的学生将桥本所做的事类同于"创业"，令我想到经济合作与发展组织（OECD）一位官员的一句话："多数国家的教育就像汽车加工厂；但是在芬兰，老师却像是真正在开拓的创业家。"[①]

初中三年，桥本带领着学生把这本小说读精、读透，一直读到边边角角，无所不知。那是怎么个读法呢？我们转移到探讨他"开心有趣"的教学方式。

学生们都不约而同地提起两段话，第一段话是："若小说中出现了《百人一首》的诗歌，就让我们背诵下来，并兴致勃勃地举出抢牌大赛；自己为《银汤匙》各章试拟标题；作品中若出现传统甜点杂果子，桥本先生就带杂果子来教室，开品食会；出现了风筝，就做风筝、放风筝……"

小说里边有什么，就干什么。把能做的，都体验一遍。过去在课堂上偷吃零食的孩子们，第一次光明正大地在他的国语课上吃起了点心，其欢欣雀跃自不必提。

第二段话则是桥本的自述："学生们有疑问的一字一句，都让他们自己去查，去体验，去思考。明白之后，就让他们互相'报告'，反省。而我，就为学生们提供'吵吵嚷嚷的时间'。发现，就藏在'啊，是这样啊''啊，是那样啊'的思考和调查之中。自己发现的，就会强烈地留存在记忆之中。"

桥本让学生给名著的每章去加标题，使得名著的学习不

---

① 陈之华：《芬兰教育全球第一的秘密（珍藏版）》，中国青年出版社，2016年，第45页。

再是一种被动吸收，每个学生都获得了一种作为一个编辑的良好感觉。不只如此，因为没有标准答案，自己所做的很多事都让这本《银汤匙》变身为自己独有的《银汤匙》。

桥本的做法，让我想起江苏省教科所老所长成尚荣先生曾提到的一个关于鸡蛋的比喻，即鸡蛋有两个命运、两个结局："第一种，被人用外力来打破。结局是什么？变成别人口中的食物。第二种，用内力来冲破蛋壳。结果是诞生新的生命。这个内力就是每个人的内生力，每个人自我生长的力量。"桥本调动起学生们的内生力，让这部名著不再是毕恭毕敬、供奉有加的作品，而是诞生出了新的生命，成为每个学生自己的作品。

桥本在不确定的地方，还会向作者中勘助写信，作者的回复会附在他的研究笔记中。他也鼓励学生直接跟作者写信。中勘助恰好又为人平易近人，没有不回复的信，况且拥有这么多粉丝、自己的文章被掰开来揉碎了地被品读，"如切如磋，且琢且磨"，他自然也很乐意。后来，中勘助带着夫人来京都游玩，桥本先生带了自己的五个学生前去会了面。

此时，一位女生有感而发："读这本书时，我把自己当成桥本的学生，换位思考了一下。我们每一次学鲁迅的课文，比如'在我的后园，可以看见墙外有两株树，一株是枣树，还有一株也是枣树'，都会想，这儿为什么这么写呢？用意是什么？如果给鲁迅写封信，我们会收到他的回复，并且遣词用句细致恳切，我们激动的心情可想而知啊。做桥本的学生，真好，总会有很多奢侈和难得的体验。"

把自己当成书中人，可见发言的女生将书读得非常投入。作为桥本的学生,正因为常常有难得的体验,每一次课都令人心怀期待,"对我们而言,《银汤匙》完全就是神话故事中的小宝盒,会接二连三地跳出各种有趣的东西。下次,又会是什么呢?我们就是在这样的期待和快乐中迎来桥本先生的一堂堂《银汤匙》课的。"桥本的课堂就像电影《阿甘正传》中阿甘母亲说的:生命就像一盒巧克力,你永远也不知道下一块将会是哪种口味。正是这样的教学,让该校的每一届,从一开始一个喜欢国语的学生都没有,而到学年末国语课成为几乎所有学生的最爱。

三

一个学生联想到了发生在上周的一个新闻:

"桥本说:'学生才读初一,太麻烦的事必须避开,做起来要开心有趣。'我喜欢这句话。才初一,不能一开始就让他们对中学的学习生活心生恐惧和绝望。对比我们的教育,可能从小学开始,就让学生对学习心怀恐惧和绝望了。最近有个新闻:四川泸州一小学生留下一张字条后跳楼。字条的署名是'恐惧和绝望的某某'。"

教的人开开心心,学的人也开开心心,该有多好。我前不久买了一本书《教书这么好的事》,是一个叫冷玉斌的小学语文教师写下的。什么时候,我们的学生们也能写出一本《上学这么好的事》?你看,桥本的这本书就是他的学生写出来的。

令人心碎的新闻希望不要再发生。我向学生也列举了一些正面的范例,在我国某些学校,课间操从传统的广播体操变成了很有魔性的鬼步舞,变成街舞、律动赛马舞……老师们的创意改编,让孩子们愿意运动,大呼过瘾,到家了也还愿意跳。这就是桥本式的成功。

可见,教学是一种格外需要创造力的劳动,远不是重复劳动。马克思讲得深刻,"只有创造性的工作才会有尊严"。

在教学方式上,桥本式的"跑题",也引发了他的学生的"跑题"。"跑题"一说的缘起在于有一个名教授慕名而来听桥本的课,最后的评价是"跑题太严重了"。桥本的回应是:"跑题?这正是我想要的。"桥本不仅是"跑题",而且有些地方就像是要探一探究竟能"跑"多远。小说中的任何一个线索,都会引发桥本一探究竟。

例如,对于小说中出现的"丑红牛",桥本的注解是"寒丑之日出售的口红,可防口干"。这里的"丑"字来源于"干支纪年法"中的"十二地支",桥本先问:"干支是什么?""跑"到天干地支、每一地支对应的动物,更是"跑"到了《论语》,又"跑"到阴阳五行、年龄称谓、节气历法等。小说中提到"女儿节",桥本便绕到了"日本女儿节起源于何时?……"又针对日本的端午节发问:"端午节为什么又叫'菖蒲节'?……"这些由"是什么、为什么"组成的问题探究看似简单,对于20世纪50年代的初中生而言,却着实要费一番心血。

小说写到街上的寿司摊,桥本就带着学生们研究寿司:"日本各地都有哪些寿司?为什么寿司叫作'腌'?按照制法分类,寿司共有几种?为什么寿司被称为'醋文字'……"只因为课文里出现了寿司这个词,桥本和学生们便成了"寿司专家"。

桥本会将寿司店的筷子袋、茶杯带来教室，让学生们认读上面的字，看谁会读的字多。去研究寿司、节日的饰物、供品，这不就是我们今天所说的"研究性学习"吗？

桥本的课堂有横向拓展，也有纵向深入，他追随着自己的兴趣和想象力，不断挖掘下去，为学生的文化素养打下了宽阔而又深厚的基础。正是这种"动辄离题万里，一如野马脱缰"，对学科边界的不断突破，给学生们打开了一个博大精深又互有牵连的浩瀚世界。

此时，一位学生说道："提到'跑题'，我也遇到过这样的老师啊。高中时的历史老师，从不照本宣科。上他的课，能补充你所有的文化课。涵盖音乐、哲学、历史、美术、宗教、建筑、心理学、文学，甚至当代刊物。上他的课，最大的感受就是需要思考。茨威格的《象棋的故事》说过一个人需要精神上被一件事情牵引着。是他带领着我们开始接触史学思想，他说得最多的一句话是'对待历史，我们要怀有一种温情'。现在看来，他可能受钱穆的影响。但你知道吗？对于一个从来只靠背课本来学习历史的学生来说，'温情'是一个多么陌生且震撼的词啊！第一次有一位历史老师让我接触到了历史背后的魅力，它不是哪个皇帝即位了，哪个国家发生了什么变革、有什么影响等生硬而冰冷的东西，而是一种思维模式，一种更浩瀚的格局。"

这是一位历史师范生对高中历史老师的回忆——他的课，是一堂能全面补充知识的文化课。随后，一个来自江苏盐城的男生也谈到自己的中学老师，同样是将语文课上成了文化课，一道选择题可以"闲扯"到文学、历史、哲学、艺术等领域，为此可以讲上一节课，"令人奇怪的是，我们班的语文成绩在年级一直名列前茅"。也曾有物理师范生提到过"物理老师向我打开了整个宇宙,让我想了解宇宙更多的真相"。这些老师有其共同点,都博学多识,眼光长远,不会仅仅为某篇课文而教,不会让知识零散无章,而是融会贯通,向学生打开了一个更广袤的世界。

因为不停"跑题",桥本的教学节奏是彻头彻尾地慢,两个星期才讲完一页的情况经常发生,但却给学生们留下了永远刻在心中的国语课。

就像做一道菜,厨房台面上有许多配料、食材,有些老师没有把这些知识烹调成能滋养学生们的食物,可能只是单单让他们记住了某个历史事件、某个公式。而桥本将知识烹煮成美食,帮助他们用新的视角去看待世界,看待一个学科。

有人将桥本的这种教学称为慢速学习,也有人称为综合学习,但桥本很谦虚地说:"我只是得到了一个机会,能以自己喜欢的方式做自己喜欢的事,并能做到自己喜欢的地步。"桥本活成了自己的粉丝。

四

像桥本这样独树一帜的老师,在我们中国就有,大可不必妄自菲薄。例如,来自历史师范的这位学生所讲的高二语文老师。

"桥本谈及学生的写作训练时说:'我不要标准答案,只要你们当时最真实的感受和真正的想法,并把它们留在自己的笔记里。'我想起高二的语文老师,也从未训练过套路。高二的一年,是我逐步发展自己审美水准的一年,也是我只能用'幸运、感恩'来形容的一年。这一年的语文课,全班只做一件事——读书看报、写体悟。所有的必修课本都被丢到了爪哇国,抽屉里的书,从《二十四诗品》到《我曾这样寂寞生活》,从《美的历程》到《民主的细节》,从《乌泥湖年谱》到《病隙碎笔》……

那时候,全班都开始喜欢写作文,同学间的小矛盾、小确幸,都会传达到一张张信纸或便签上,便利贴用得特别快。大家的心都变敏感、柔软了。那是我最多愁善感的一段时间。也许文学总是细腻的、悲伤的;社会总是不完美的;也许只是我们为了写出好的作文,总是挑选那些对人的心理冲击很大的文字;也许青春期就是想殚精竭虑、忧国忧民。我的有强大心脏的同桌,看着台上一边读书一边拭泪的老师,给我传便签'这也太矫情了',我接过来的瞬间,也瞥见了她眼角的亮闪闪。"

如果说我国不缺"桥本式的教学",那我国的老师是否也有"桥本式的人生"呢?

接着,我们转移到探讨"桥本式的人生"。只要能耐心读完了这本书,谁都会感受到:桥本不仅教得挺带劲儿的,活得也挺带劲儿的。他活出了自己的个性,活出了丰富的色彩。他为学生们做好了一个榜样:将自己活成一个有吸引力的成年人。

在桥本的一篇叫《我的兴趣王国》的文章中,列出了让他着迷的11项兴趣:"能乐谣曲(观能)、短歌俳句、茶艺、制陶、绘画、摄影、旅游、读书、观剧、乡土玩具和时髦穿戴"。并且,每一样兴趣他都不是浅尝辄止,而是倾注了深情。

就"时髦穿戴"一项来说，作为一个男老师，他会在个人兴趣栏中写"时髦穿戴"，这不多见。他特别爱打扮，衣服用色大胆，但并不令人生厌。

这是一所男校，没有女生，男生都穿生硬的、清一色的校服，汗臭四溢，"试想，在这样的整体氛围中，穿一件红条纹大领衬衫，围一条橘色围巾，披一件绿色夹克现身教室的桥本先生那是多么的惊人！"

"随着年龄的增长，先生的着装似乎也越来越鲜艳，这其中，也有色彩鲜明的桥本式哲学：人老如树枯，越老越要以鲜艳的服装加以弥补。'身心衰老无日不止，至少要以服装加以补偿。这也算是无法之法。'"桥本甚至认为，时髦就是他长寿的秘诀。桥本说："去年的白寿（99 岁）寿宴，我穿了一身白色西装，上戴白帽，下配白鞋，胸口处别了一个鲜红的玫瑰装饰。等 108 岁茶寿时，我就把白西装染成茶色穿到身上。再之后，到了 111 岁的皇寿，我想穿皇帝之色——黄色，再配以黄金饰物。我已经准备了一条镶以法国古金币的绳状领带，还有一个金蛙戒指……而到了 120 岁的大还历时，我就想穿一身鲜红的西装，再配一件雪白的胸饰。"[1]

他还有一个爱好，就是藏书。"这是先生的书房，墙壁都做成了书架，整个房间都包围在了各类全集与古书之中……置身于溢满整个房间的书香之中，总有对知识的好奇心被轻轻撩动之感，总想有一天我也要有一个四壁都做成书

---

[1] ［日］黑岩祐治：《全世界都想上的课：传奇教师桥本武的奇迹教室》，王军译，教育科学出版社，2018 年，第 117 页。

架的书房。我要到处搜读书籍，将四壁的书架摆满。"① 去他家做客的学生都会生出这样的感叹。

他不仅读书，也写书。他出版《〈百人一首〉解说》一书，一百首诗都附上了解说插图；他发表过很多随笔。93岁高龄时，他仍以巨大的热情投入《源氏物语》的现代文翻译中，而《源氏物语》有近百万字。读书、写作，他如此要求自己，也要求自己的学生。

初中三年，桥本每一个月都会确定一本书让学生读，并且还要交读后感。如果阅读书目是诗歌集，学生还要写诗交上来。到了高中，桥本要学生从浩如烟海的古典作品中选出自己喜欢的，每三人至五人为一组，各以不同的方法和视角研读，学生们的研究成果，还汇总成了一部《古典人物及作品》的文集。这是一种合作性的研读。学生们经常在同组成员家讨论到深夜 11 点再各自回家，有时也会因通宵讨论而直接在某一成员家中留宿。桥本对书火一般的热情化成了一种能量，在学生们体内持续燃烧。

这一点对学生的影响是深远的。例如，桥本的一个学生，当时才二十出头的年轻律师海渡雄一，为打赢一场遗嘱官司，需要撰写专业性极强的律师团调查报告，他几乎天天都在研读航空方面的专业书籍，实在不懂就跑去东京大学拜访航空工学的教授。

再次，桥本还爱好乡土玩具。家中专门有一个房间为乡土玩具的陈列室，四壁直达天花板的加固人偶架上，陈列着

---

① ［日］黑岩祐治：《全世界都想上的课：传奇教师桥本武的奇迹教室》，王军译，教育科学出版社，2018年，第15页。

超过6 000件的人偶，进门处还有浮雕字牌，让人如入美术馆。

除此，桥本还是宝冢剧的超级粉丝，每隔一两天就去观剧。甚至还出版了一本小书叫《我的宝冢日记》。对于有如此多爱好的桥本，一位女生说道："桥本这么多的爱好让我想起了自己的好朋友。前段时间她考上了语文教师的编制，她并非师范专业出身的，但是我觉得她可以成为一名好的语文老师。因为她爱摄影、爱阅读，有坚持十年的古筝爱好，还自学了大提琴、吉他等乐器。我能深深感受到她对新事物的好奇心和对生活的热爱，她说会把这些都融入教学中。而现在证明，她的学生确实都非常喜欢这位多才多艺的老师。"

来自文学院的女生谈及自己的好朋友也有广泛爱好，是如同桥本一般始终对生活充满澎湃热情的人。我想起陈嘉映在采访时谈到："希腊人对生命的理解不是活着，而是活力。对于一般人来说达不到那种卓越，那种活力就太基本了，就是你行使你所有的潜能有所作为。"我们难以抵达卓越，但至少应保持活力。如果我们在二十几岁时就失去了活力，其实意味着我们已经死亡，只是到了七八十岁才被埋葬而已。如果我们只是几十年如一日机械地重复自己的工作，毫无创造力可言，换一个角度看我们早已死去。

五

桥本活得如此热情，如此有个性，如此纯真，少年感十足，对于年轻人来说，他的状态本身就是激励。

对此，一位学生发言："我初中语文老师倪老师也是一个对生活充满激情的人。他三十几岁，上课总是穿着正装，头发一丝不苟，总是满面笑容。他的课的具体内容现在已经记不清了，但每一堂课开心轻松的氛围却还感同身受。在大课间，倪老师跟着我们一起跑完步，再跳几组绳，如果课间操结束正好是他的课，总能看到他脸庞通红和气喘吁吁的样子，还总是给我们分享运动后的感受，带动我们好多人自己带了跳绳在课间锻炼身体。

倪老师还爱写诗歌。他觉得诗歌可以抒发很多复杂的情感，并且只要掌握了一些创作格律的知识，每个人都可以写诗。他成立了诗歌小组，只要是想尝试写诗歌的同学都可以加入。同学们很踊跃，有几十个人参与，我们一起讨论李白、杜甫、王维等人的诗，李清照、辛弃疾、苏轼等人的词，他鼓励我们选择喜欢的诗人进行仿写。每周一次的诗歌小组讨论是我最期待的活动。"

这个女生与我们分享了她初中的语文老师。教师自己活出了真我，在学生面前才不至于刻板、教条、毫无生趣，才会以丰沛的生命活力感染他们，让他们也热爱生活。"对我们这些学生来说，桥本先生的存在感是压倒性的，就如一团炙热的火球冲进了我们中间。"他本身是一个迷人的人，就能跟年轻人发生迷人的碰撞。

谁都喜欢看到别人神气活现、生命力强盛的样子啊。例如，早晨骑着自行车上班的人，车后座上放着音箱，大声地播放着音乐与我擦肩而过；对面的那个房子在装修，几个建筑工人将音响开得大大的，沾满白漆和灰尘的身体，随着音乐节奏一边扭动，一边刷墙。

桥本有一个自由、奔放、有趣的灵魂。他身先垂范,教学生如何葆有一个独立的人格,如何度过一个开心有趣的人生。

一个人对生活的态度与对工作的态度是息息相关的,对学生们的影响也是双重的,既在影响他们日后的工作,也在影响他们的生活。作为老师,不仅是让学生以后能胜任工作,同时要帮助他们如何面对更广阔的人生。如近代教育家经亨颐先生所说,"求学为何?学为人而已"。工作只是人生的一部分。人生则是更大的事情。教育应是让年轻人为人生做好准备。

这一点,桥本做到了。桥本让学生们看到更大的人生与世界,不是围绕"工作"这狭窄的一点过自己的人生。他的学生没有一心扑在事业上,而是"一心扑在兴趣上",不过是"以自己喜欢的方式,做自己喜欢的事",最终也做到了"自己喜欢的地步"。桥本就是他们灵魂生命(soul life)的教师、鼓舞者和引路人。

六

最后的互动环节,我让台下的他们画画、写写,围绕"我将如何活出人生丰富的色彩,我将追随怎样的兴趣,把它做到自己喜欢的地步"。

"我画了一本书、一张书桌,是希望自己永远热爱阅读,热爱思考,成为一个思想丰富的人;还有一支毛笔、一块丑丑的调色板、一辆表示旅游的汽车,是希望自己成为一个富有生活情趣的人。右上角画了一个龙猫(我非常喜欢宫崎骏的动漫,所以画了一个龙猫),是希望自己永远保持童心和好奇心；右下角是一个乡村的房子，是希望我能永远属于大自然，将来老了也一定要回归大地，回归自然。"

一个女生分享了她所勾勒的"未来的自己"后，好些人轮流上台。一个女生只写下了寥寥几个符号："我的不是一幅画，是简单的符号。我希望自己在不确定中找到确定，在否定与反思中得到成长，稳步地向上生长。"

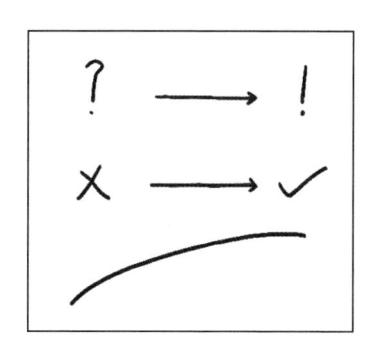

有的学生画得繁复，一页纸全部画满："我期待可以有多种选择的生活，能去想去的地方，也可以窝在家里看雨。但无论如何，推开门便可奔赴热情，留下自己的足迹。"

一个男生画了一个天平秤的标识，希望成为一名律师，伸张正义："我想学法律，帮助那些困境中的人。我期待这个世界上每一个平凡的人都被温柔以待，希望所有真相都会重见光明。"

两个半小时，很快就过去。他们之中有些人并不想做教师。是否选择做教师，这个问题并不重要。每个人都怀有不同的使命来到世间，完全可以选择以不同的方式参与生活。例如，舞者杨丽萍，她的使命就是跳舞，是看花看树，是吹吹洱海的风，而不是在写字楼里办公。重要的是，我们要活出人生丰富的色彩，活出真我的魅力来，像桥本那样。学生们都还那么年轻，刚刚画出的那些图景，都是可以实现的。

冬至日，此时窗外的夜空，有月牙也有星斗。让我们一道，忠于自己，披星戴月奔向我们画下的图景吧。

回到家，虽有点晚，打开电脑，收到学生的三四封邮件，有的说嫌自己今晚画得丑，不好意思拿出来讲，有的是没来得及上台展示的。

一个女生在邮件中说："我记得你在这学期第四次课上，引用过亚马逊印第安人亚诺玛米部落（Yanomami）说我爱你，其中文意思是我被你的存在感染了，你的一部分在我之内生长和成长。这次的读书会上，我不仅被桥本的存在感染，被你的存在感染，也被有梦想的同学们的存在感染了。有些愿景也开始在我体内生长。"

谢谢他们记着我说过的话，更谢谢他们为这次读书会所作的充分准备。他们不仅制作了海报，发放了水彩笔和画纸，还买来100根棒棒糖发给所有到场的同学，借此祝福彼此。上台分享的同学还可以获得一个小本子作为奖励。从策划、采购到摄像，大家既有分工又有合作。为了让我获得及时的反馈，他们设计了问卷，将自己的感悟与建议填写其中。他们还提出了一些宝贵的建议，例如时间太短、形式有点单一。这是一群能文能武的年轻人。

第二天，我便收到了一个链接，是他们在班级公众号上对此次读书会活动的推送。下一次读书会，该选哪一本呢？我要早做准备了。

我想到了桥本，桥本同为撑渡的人，也正是在渡客们一次次的加油鼓劲下，奋力摇桨，迎着风，驶向对岸的吧。船上有鼓手，有锣手，船也就变轻了。蓦然回眸，才有"轻舟已过万重山"。

学生来信

亲爱的彭老师：

昨天是我们倒数第二个见面的机会，你在台上细数着我们见面的次数以及每次上课所授受的专题，我在台下看着您，心里生出了几分不舍。您很温柔，也很博识；您总是娓娓道来，情到深处眼睛里会闪耀着星星；您的话语中有风花雪月，您流露出的情感也在我心中掷地有声；您不仅教我们怎样做一个老师，也在教我们如何做一个有"温度"的人。

您的所有都很好，我都很喜欢。我似乎懂得了为什么老师您的课要安排在一个星期的第一天的第一节，因为您让我们对周一有了期待。

现在是晚上七点半，我在忙着您这门课作业的收尾工作。写着写着感觉似乎我们的关系也快走到了尽头一般，心里很是不舍。但转念一想，人生是万里山河呀，感谢您给我的"山河"增添光彩。在这，我将我实习结束时学生写给我的一份赠言也转赠与您，"谢谢您这么优秀，让我可以有迷茫时的榜样"。

最后，您在台上说有个老师写了一本书《教书这么好的事》，您说什么时候学生们能写一本《上学这么好的事》，教育就成功了。实际上，作为学生，我已经开始迷恋您的课了。教学需有反馈，也该有反馈。这是我对您的反馈，谢谢您。祝身体健康，阖家欢乐。

刘同学，2020级学科教学（思政）专业

第十二章　一节畅谈课
——自由言说的力量

开 场 白

亲爱的女孩们、男孩们：

早上好。又感觉很久没见到你们了。一个学期过去，我看着台下有些同学的脸，越来越圆润，越发显得可爱，许是初来苏州，什么美食都想尝尝；而我在教你们的这一学期里，竟也胖了五斤，原来人的身形，也是可以被感染的。

想必这一周你们都在赶各种期末作业。我这两天都在起早贪黑地监考研究生入学考试。今年的研究生报考人数再创新高，总计377万人，比去年多出36万人。你们穿过"硝烟弥漫"的考场，如愿以偿地坐在了这里，我为你们感到骄傲。你们肯定会有自己的同学，去年没有考上的，今年只好再战。请珍惜这份已然稳当的学习机会。

我相信你们会的，一定会的。因为，你们都是勤奋、努力的好孩子。来自历史专业的一个女生写道："我中学时代，最大的梦想就是能毫无负罪感的在窗边发呆一个下午。"

你们也都是善良、有礼貌的孩子。比如，上周二，我在学生食堂遇到这个班的一个男生，他看到我，决定留下来在食堂和我一起吃饭，本来他是要打包回宿舍的。我只预备了筷子，他端着盘子，拿了一个勺子在我身后等待，他说："老师，你吃鸡蛋羹最好用勺子。"走出食堂后，我很后悔，我应该在当时就转头给他加一个鸡腿的。

再比如，同学们发来期末论文，会在开头写："亲爱的彭老师，附件里是我的期末作业，要辛苦你了。"而不仅是甩来一个附件却无只言片语，仿佛只是给一台电脑写信，而不是给一个人。昨晚，我收到好几位班长收齐的作业，他们都会写："亲爱的彭老师，晚上好，以下是我们班××份作业，辛苦老师查收。有任何问题都可以联系我。祝福老师快乐健康。明天见。"你们都婉婉有仪。

所以，你们都是好孩子，宝藏般的孩子。但今天的两节课，我希望你们到讲台上来发光，来交流。关于这门课的哪一个专题让你想到了什么，关于这门课无以归类的任何方面；或者拿着你的期末作业上来，分享其中的观点与故事。

请你上台后，先在黑板上郑重地写下你的名字。你的名字是世界上最特别的几个字，是在人群里有人叫出你就会回头的那几个字；是从小到大你写在每本教材、练习册，每张试卷上的那几个字；是你的父母倾注深情厚望、最在乎的那几个字；是你远离家乡印在车票或机票上的那几个字；当你恋爱时，若你的恋人在身旁一遍一遍叫着你的名字，那几个字就是最动听的情话……

总之，爱上你的名字，守护好你的名字，为这几个字不断添光彩。

现在,就请上来吧,先写上你的名字,再向我们所有人发出你的声音。

请直接走上来,毫不犹豫。

谁来做第一个?掌声有请。

一

最后一次课,我特地翻出衣柜里的白色连帽衫、牛仔长裤,外搭一件卡其色大衣,第一次在他们面前扎起了高马尾。我"故作青春"地想要再融入他们一些。

之所以安排"畅谈课",是因为每周上完课后,都有一种惭愧涌上来:"刚刚的课上,我又说得太多了。"在我身上,仍有一种自我表现的心理在作祟。一门课程,在教授和打磨了十个年头后,积攒下来的素材太多,可信手拈来的案例太多,有些早已熟读成诵,话到嘴边不顺口"诵"下去变得很难。偶尔,我不得不打断某位学生的发言,提醒他注意言简意赅。可是,他们都有表达的欲望与潜力啊。

该留出一次课,让他们做真正的主角,自由地言说。从小到大,我们不都在渴望自由吗?而且,同辈群体对一个人的社会化和人格发展的影响同样重大,这是心理学家朱迪斯·哈里斯(Judith Rich Harris)《教养的迷思》一书的核心观点。因此,我也不预备上台做任何评点,将把时间全部交付给他们。

我的开场白一结束,便有一个女孩径直走上讲台。她着一件短羽绒服,鹅黄色,明艳而不带沧桑的颜色。但她一开口,我们才知,这种明艳来自沧桑的洗礼。

她说："我要讲的主题是'允许自己做个凡人（The permission to be human）'。灵感来自我的经历。我工作的那几年，一直做一个不动声色的人，过于在意他人的看法，隐藏自己的情绪。我迎合上司，卖力做事，随喊随到，不懂拒绝，接电话总是'好的，老板，我马上到'。后来我终于累得病倒了，甲状腺、胆囊、乳腺等部位轮番出毛病。原来我并不是表面那般没事，那些积压的情绪都反映到了身体上。躺在病床上，我开始对自己的人生重新做了思考。

请大家不要放弃做一个平凡人的权利，没有人每时每刻都是快乐的。痛苦是人性的一部分，与生俱来，就像万有引力定律一样。我们需要服从人性的召唤，这就是人的一部分。我们需要主动接受，明白有些事情无法改变。我们都需要一个空间，去倾诉、发泄，去做自己，去做一个平凡人。Human nature is fixed, all we can do is to accept, understand and make the best use of it.

我常坐在第一排等待彭老师的到来。关于老师的记忆有很多，比如她在讲述故事时发光的双眼，在难过时的泪眼盈眶。她是我见过的最有人情味的老师，也是最少女的老师。这么温柔的人，一定过得很幸福吧。愿老师永远满眼星河，永远满腔热忱。愿你的爱影响更多人，温暖更多少男少女。"

她的名字很别致，叫王墨莼。第一个同学的发言就像打开了一扇闸门。

第二位是一个男生，名叫高天，清爽而阳光。他的第一句话是："我就是老师在学生食堂遇见的男生。"我在开场白中提到他时，没有说名字，没想到他倒是落落大方。

"我第一次遇见像彭老师这样有着巨大的善良和强烈的爱的情绪的人。听完第一个上台的同学的发言，我更加肯定，这不仅是我的感受，也是大家共同的感受。这门课的课堂氛围里，不仅充满着老师的情感，也充满着我们对老师的热爱……"

在台下坐着的我，心底在祈祷：待会上台的演说家们请聚焦于这门课的内容吧，尽少谈到我。这时，有一位学生说："我来自学科教学历史方向，想和大家分享'如何成为一名好的老师'，因为我们毕业后大都会做老师。我觉得教师最重要的是要有爱、有'温度'。以我为例，我高中的历史老师张老师就是一个和彭老师一样的人。我之所以选择历史专业，百分之九十五是因为张老师。记得复试面试时，评委问我'为什么选择跨考?'我很真诚而自豪地说：'我想成为像我高中历史老师那样的老师，我想把他身上的爱与温暖传递下去。'我很幸运，在研究生生活之前，张老师一直是我人生路上的指明灯与前进的动力，来到苏州大学之后，彭老师像是接替了张老师的任务一样，继续在我的人生中指引我前进。无论将来如何，我都要感谢这两位老师，感谢你们来到我的生命里，带给我美丽和快乐。"

随后，来自学科教学历史方向的另一个女生也走上了台："回顾本学期的课程，我印象中最深的不是某一个知识点（我这么说彭老师可能要伤心了），而是老师通过每一节课表现出来的对教学、教育、学生的爱。说实话，学生生涯那么长，遇上像彭老师那么热爱教育的老师不多，更多的老师是将这个职业作为谋生的方式，但我无意评判他们的对错，因为我始终以为自己如今的成绩全是依靠他们的培养所得。彭老师的课给了我不一样的体悟和感受：啊，原来老师还可以是这样的。

我不确定以后是否会走上教师这条路，但我希望如果我真的站在了讲台上，即便这个职业并非心之所向，也能尽自己最大的努力享受每个课堂。彭老师喜欢用天气作为课的开头，那我就以天气作为结尾吧，是一段电视剧的台词：我今天要去见你，因为天气好，因为天气不好，因为天气刚刚好。"

"我今天要去见你，因为天气好，因为天气不好，因为天气刚刚好。"我在台下默记。

另一位学生说："这门听起来是非常无聊枯燥的课程，但彭老师居然可以把它上得优美且富有诗意又暗含哲思。彭老师与我们讨论过'师爱'的话题，但对我触动最大的，其实是彭老师对我们的爱。她让我明白原来教师对于学生的爱是这么自然的事情以及爱是要表露出来的。

在上课之前，她不看窗外、不看讲台、看我们，看我们青春洋溢的面容，嘴角带笑，眼底温柔中带着期盼。'我亲爱的同学们（男孩儿女孩儿们），你们好。'她总是以这样亲切的语言配以温柔的语调做开场白。进入课程内容之前，彭老师会和我们谈一谈生活琐事，谈一谈季节变换，谈满城桂花香，谈谈好久不见。她真诚而热烈的言语有一种润物细无声的力量在影响着我们，我会不自觉地模仿彭老师温柔而有力的语调，在台下思考着：我要成为怎样的教师，以及如何用爱感染学生。上课时，彭老师的目光、嘴角乃至整个人都散发一种温柔而持续的爱意，让人目不转睛。这是一种怎样的力量，大概就是'亲其师，信其道'吧。我想当很多年过去之后，我可能不记得彭老师授课的内容，但我一定记得彭老师满是爱意的目光。这将激励我在教育的道路上秉持爱的初心。

记得在讲到作为一个教师必须将阅读、思考、写作作为一种生活方式时，彭老师没有说教，不督促，而是用她写下的教学日志感染我们，激励我们去追随，让我们明白阅读、思考与写作其实就是生活。"

来自语文方向的女孩胡晗笑，上台后谈的仍是我。我不得不走上讲台，提醒他们，时间有限，如果是计划谈我的，且预备了文字稿，私底下交给我就好了。畅谈课不是"赞美大会"。我谢谢他们的鼓励，但更希望他们彼此激励。我还加了一句：不会因为哪位同学说我好，就在期末成绩上给他加分。

二

每一个同学说完，全场都会有齐整的掌声响起。现场的热烈气氛超过我的想象。有时好几个学生都要冲上台。为此，有学生跑来提前坐到第一排等候着。他们站上讲台后，都会首先向我鞠躬表示感谢，而后再开始演讲。我的眼眶一直潮湿。

有的上台后，声音一开始是颤抖的："抱歉，我有点紧张。因为，站在这儿，才发现满教室都是人，人真的好多，黑压压的一片。原来彭老师每次上课看到的都是这样浩大的景象。"但讲着讲着，人就自如了。

一个学生说完后，还不忘鼓励大家："不论说得好不好，都是对自己的超越。"

一个女生讲到自己的父亲曾如何骂她笨,骂她没用时,背过脸朝向黑板擦泪,台下的几个舍友一齐大声鼓励:"你是好样的,一点都不笨。加油!"她说自己虽然不是读书的料,但也能倔强地坚持想走的路,如今也走到了这里,完成了一次自我认同。

有个女生提及自己已举行过婚礼,大家立即鼓掌,掌声里都是善意的祝福。一个男生一开讲,就把同学们逗笑了:"我本科也在这所大学,虽然没有上过彭老师的课,但学姐学兄们流传的是彭老师很严格,不认真复习的同学在期末考试中都会挂科。加之彭老师的名字,很像老去的某个年代。我的想象中,她是一个戴着眼镜的古板老太太。

'学生只要熬过这三年的苦就可以解脱其外,教师却要在这个监牢里重复一轮又一轮的折磨。'我的高中语文老师曾在一次班级月考的失利后这样当着我们的面痛言,那晚他喝了很多酒,标志性的酒糟鼻因酒精的作用显得十分丑陋,鼻翼上被怒气撑开的每一个毛孔喷薄出的都是无声的控诉,不知道是对他自己还是对着台下的我们,抑或是过去、将来的每一个学生。那一晚,台下没有声音。

'在你们走后,明年我依旧会站在这里,像一年前一样,手指重新捻开书本的第一页,讪笑着说着同样的话:同学们,接下来我们将会一起打开化学神奇的大门。迎来送往,乐此不疲。'那一天,台下也没有声音。我初中的这位化学老师是个胖胖的中年男人,一年四季永远是利落的平头。

如果我将来会真正地成为一名老师,那么我对未来的自己有以下的幻想……"

他的演讲有点长,印象最深的是,他竟然已经想好与未来的学生如何道别:"女孩子们,希望你们能学会照顾自己,保持干净的衣裳、整洁的面庞、娟秀的字迹,变得温柔且强大,在命中注定的另一位翻山越岭地到达你面前之前,你一定要成为一位不逊色于他的人;男孩子们,我希望你们能以勇敢开路,永怀希望地去面对以后的日子,谁都会有撑不住的日子,但挨过苦难之后,哪怕勉强说一句没事哦,也要继续前进,责任和担当是和你们一起降临这世界的。"

课后我还收到了他的致歉邮件:"不应该用您的年纪开玩笑,希望老师原谅。"我回复他:"你的玩笑无恶意。我当时也笑了。"

有几个学生谈到了他们对师生关系的思索。其中,一位女生说:"前几日,刚看了《我的师尊木心先生》这部纪录片。镜头里,陈丹青坐在乌镇木心故居的沉沉夜色里,回忆起他老师的葬礼。他说,木心走了,我们一伙人成了'丧家之犬'。他也说过:木心是我真正的精神导师。我感慨,这样的师生关系,真是可遇不可求的……我想,一个好的教师,是大地属性的。要有如大地一般广袤丰厚的知识,更要如大地一般敦厚谦逊,用爱将学生托举。"

提到木心的这位女生文采奔腾,想必大家都在暗自赞叹。

"什么是好的师生关系,于我看来:于师,要爱他们、有耐心且以均等的关系对待每一个孩子、善于引导每一个孩子;于学生,要懂得感恩和努力。或许这样的老师目前在教法和学科基础上还较为薄弱,或许这样的学生成绩还不够优越,但是没有关系,他们一定有着非常融洽的师生关系。而且在将来,这样的老师会不断努力提高自己的教学、教法,成为更优秀的老师;这样的孩子也会继续努力、上进,在未来的领域给周边的人带来光热。而这师与生的任意一边都缺一不可,师与生,温暖会一直传递下去……"

来自历史方向的这个女生最后说道:"当知道曾帮助过的一个学生现在很好的时候,我好像自己更被治愈了一样,治愈和被治愈是相互的,也是可以传承的……这一点,我深信不疑。"

我也深信不疑。

三

"不久前和高中同学联系,他问我毕业后有什么打算。我说想回家教书。他说:'回乡当老师太屈才了,大材小用,不如考公务员。如果要回来,何必跑那么远读研究生。'比起城市的喧嚣,我更向往大山里的宁静,对故土充满眷恋,总是要踏上那片土地,我才能感觉到深深的归属感。

趁年轻,我总想冲出去看看外面的世界,看一看这世间的繁华和喧嚣,积累更多的人生阅历和更多不一样的人生体验。本科和研究生我都选择了到外省读书,去了自己喜欢的城市,长沙和苏州。本科期间,我第一次坐上了高铁,第一次吃到了小龙虾,第一次学着用蹩脚的普通话与人交流;研究生期间,我第一次坐上了飞机,第一次见到了上海外滩的繁华,第一次吃到了大闸蟹。可能很多人没法知道,我花了多大的力气，才和他们坐到了同一个教室里，我很珍惜，也很感谢这么多年来努力拼搏的自己。这么多年的坚持，让教师这个职业在我的心里生了根发了芽，所以我毅然决然地报考了教育硕士，希望未来能以更好的姿态走上讲台，能够不负韶华、不负时光。

未来的我会回到那养育我的大山里，做一名普普通通的教师，把我的激情和热血都抛洒在那片养育我的土地上，去承担起属于我的责任、使命和担当，选我所爱，爱我所选。"

来自思政方向的这个女生，从大山里来，还会回到大山里去。我们给了她经久不息的掌声。有阳光斜照了进来，落在了正演讲的学生的脸庞上。那阳光好像不是从窗户跑进来的，而是他们自身散发出来的光亮。

有几位学生则分享了支教经历。

"2016年是我大学生涯的低谷，竞选失败、学业倒数、家庭变故、前途迷惘……那时的我以为，以后的生活会像一潭死水，波澜不起，停滞不前。青春本该有的色彩，也尽显苍白无力。直到我与九位来自不同专业的小伙伴来到云南的大山里——德宏傣族景颇族自治州盈江县开展大学生'三下乡'活动，渐渐地，生活有了颜色。

踏上三尺讲台，一声声'老师好''老师，这题我会''选我！选我！'萦绕耳边，那是对知识的渴望，对表扬的期许，对你的肯定和尊重。我体会到前所未有的幸福感与成就感，原来我可以活得这么洒脱、快乐。

或许我们太年轻，还没褪去身上的稚气，孩子们常常把我们当知心朋友，给团队女老师编头发、做剪纸，与男老师探讨电子竞技的奥秘,那些同学间约定俗成不可外传的悄悄话也拿出来分享。离开后,有位男孩每逢节日都发祝福短信给我,他做了一个大胆的决定——考苏州大学,他说:'谢谢您曾经来过,是您让我知道这个世界这么大,这么美好。'期待着,盼望着,我愿意通过自己的身体力行,使得一些人的命运因此而改变,从而能为这个世界作出些许贡献。"

有个男生说:"当我第一次站在讲台上讲了近90分钟的课,那种感觉太美妙了,说实话要不是一旁辅助的队员拉着我的衣角提醒我注意时间的话,我相信自己还能再讲半小时呢!"

还有几位同学谈到了他们的实习经历。

"我今年二十三岁了,在我这二十多年的人生中,从六岁开始就一直有老师的身影。他们有些人严厉,有些人亲切,有些人幽默。但不管这些老师是怎样的,他们都始终是我的老师。不管我身在哪个阶段,对老师,我都怀有一颗敬畏之心。他们是无所不知的,他们是无所不能的,他们是有距离感的一类人,始终都有神秘色彩。

现在,我也在学习如何做一位老师。老师两个字写出来很简单,但是这个称呼却是不简单的。原来,他们课堂上的淡定从容,是课后花费无数倍的时间才能做到的。所谓的无所不知,亦是他们广泛研读各类材料才能做到的。这些都是我实习之前所不知道的,实习之后却是我自己真真切切做了的。

实习期间,我上一堂四十五分钟的课,要花费四五个小时才能备好课。每一堂课,都要反复四五遍,才能最终定下来。备课时，我会翻找各种资料、教案，反复修改课件。有时，担心自己上着上着不知道要讲什么，甚至还一个字一个字地写下来。但是，纵使做了这么多的准备工作，一站上讲台，还是会有许多意料不到的情况……"

做老师也如同手艺人那样，必须在实践中学习。

"有时我上课之前，我们班的孩子会特地藏在窗帘和门的后面，等我推开教室门的时候大喊'张老师好！'那时候，我觉得自己根本没办法掩饰脸上的笑意，常常笑开了花儿，觉得能和这些小朋友在一起学习真好啊！"

这位女生在演讲时，也如同她实习期间推开教室门的情形，同样笑开了花儿。

还有学生吐露了在暑期教育机构工作后的困扰："暑假在一家教育机构兼职当四十三人的初三学生的班主任的经历，让我很受挫。我在一个从小缺爱的家庭环境下长大，希望得到爱的滋养，希望自己的爱能换来同等对待，可结果却不是这样的。这让我对教育事业的热忱一点点减退。长时间处于教育岗位的那些教师是否在开始时也是带着一腔热忱，可是很快自己的热忱被学生的冷漠、繁杂的事务、生活的枯燥所磨灭。从新鲜、热情再到倦怠，这仿佛是一条必经之路。但是我最羡慕的是彭老师，您真的好像一个少女，热爱生活，眼中有对这个世界的光芒。所以我很困惑和恐惧：既然我当老师之后，那份热情必然会磨灭，那我是否还需要投入我的那份爱？或许会让我更充实，或许学生带来的小惊喜会给教师生涯带来点光芒，可是对这个世界像彭老师一样充满爱，还是很难的吧。"

是谁认定"必然会磨灭"呢？先投入去爱就好了。每跨出一步，都是在将可能性一点一点打开。

四

"一个人必须热爱他所讲的内容，才能把课讲好。"当这句话从台上的学生口中说出来时，我敬佩不已。来自思政方向的这个男生接着讲："好的教师热爱自己所教的学科，将教育当作相伴一生的事业。一个对自己所教的学科没有热爱的老师是无法构建'生命课堂'的。就拿我们政治学科来说，它需要教师对马克思主义经典理论和中国特色社会主义理论体系有真正的认同，这样在教学中才能让学生感受到你所传授的知识是真正可信的。"

来自英语方向的女生则再次论证了这个观点。她以曾经的英语老师杨老师为例："老杨的忠信，在于他对英语教育事业的热爱，那种热爱几乎达到了虔诚的地步，也因此对他的学生起到了极大的言传身教的作用。'每天，我都能感受到一种纯粹的快乐，无论是听课、读文献，甚至是写论文，都是快乐的。'一开始听他念，我们都觉得有些好笑，写论文怎么可能快乐呢？作业难道不是许多学生的噩梦吗？可是渐渐地，我仿佛有些感同身受了，因为看见了他眼中闪现着的、某种他称之为幸福的神色。仔细想想，平时做老杨的作业时，听他讲课时，和他争论题目时，我们似乎也是幸福的。于是，我们也成了最虔诚的英语信徒，一如老杨对待英语的忠信。"

随后，来自思政方向的一个男生说道："我认为一个好教师，就是从学生中来，到学生中去，一切为了学生，一切依靠学生。"这把大伙儿又逗笑了。

一个学生很稳重地走上讲台说道:"与在座不一样的是,我是一个孩子的妈妈。我遇到过不少有魅力的老师,但有些老师光顾着散发自己的魅力了。我也遇到过不少眼里只有知识要点的老师。彭老师是我见过的两者结合得最好的老师,是我日后从教的范本……"

这个妈妈的上台激励了另一个妈妈。另一个妈妈已经有两个孩子了。她走上讲台讲述了自己如何在有两娃之后不忘生长的故事。下课铃声响了,而这个励志故事也将整个氛围推向最高潮。

他们一个一个上台,中间没有空当,令人忘却了课间。他们在黑板上写下的每个名字,都遒劲有力。我数了一下,一共有34位学生上台。

最末的五分钟里,我上台送出了两句祝福。第一句是:"希望你们将来都能找寻到自我的热爱所在,将自己独有的那份才华发挥到极致。"名校出身或天生美貌也好,家财万贯或官运亨通也罢,我都不羡慕,有时这些东西会成为负累。我羡慕的人都正在做自己适合的事。我希望他们未来不管处于何种状态,都能保持对自我的探索,不放弃对生命的思索,始终保有一种对自己的诚实和真实,最终找寻到适合的道路。

第二句是:"希望你们都能温柔待人,善待岁月。"这几年流行的是"愿你被岁月温柔以待"。我把被动句改成了主动句。岁月总有严苛的一面,要一直被岁月温柔以待是困难的,但我们可以决定自己如何对待岁月;当我们温柔待人,也就有更大概率被别人温柔以待,这就是孟子那句"爱人者，人恒爱之；敬人者，人恒敬之"。

我知道，他们的成长中有好多老师，如我一样，都向他们送出过祝福。前面有个女生的话言犹在耳："毕业时，高中英语老师送给我们一句话，他说：'活给你们自己看。'多少次，我在伤心难过的时候，这句话给了我勇气；当我高考失利时，也是他这句话给了我重新再战的勇气。"

再见了，亲爱的女孩们男孩们。我只能陪他们走到这里，后面他们就没有我的课了。前方山长水阔。我将在他们身后，默默守望。不论他们将来在哪儿"扎根发芽"，请在阳光下蓬勃地生长吧，在风中勇敢地摇曳吧，在雨里倔强地歌唱吧。愿他们都有畅快淋漓的人生！

五

晚上，台灯下，我展开了一个女生放在今天讲台上的手写信。"上了您的课后，我的第一个变化就是开始写日记了，虽然不是天天坚持写，但至多间隔两天就写一次，此刻您看到的这些字迹、这些字的颜色，以及兴许还能够闻到的紫罗兰墨香，都是平日里写日记用的钢笔留下的。"我闻到了这些浅紫色的字迹散发的淡淡清香。

"还有一方面的改变比较抽象，那就是我似乎渐渐品出了爱和温柔的方式。这有些难以表达，比如我开始审视自己不经意的尖酸刻薄，以及其他一些不合适的想法。这种变化很细微，不好描述，但我能清楚地感觉到它，并且知道是您为我带来了这种变化。"

我一句一句读下去，并决定也以手写的方式回信。"你的心意，我珍而重之。我也曾如此给人写过信，那是一个少年单纯而深情的心意。"看着自己淡蓝色的字迹，我想起已经好几年没有手写过信札了。书桌上，前几天刚买下的纪念版的《傅雷家书》还未撕去塑封，打算随信将书送给她。"这本《傅雷家书》送给你，一本学生时代曾给过我陪伴的书。我的父母从未写信给我，我把这本书当成远方的另一对父母，有知识亦有远见的父母。其间的书信，虽写于多年以前，但仍闪烁着爱与智慧的光芒。而你我之间的书信，同样弥足珍贵。"只写满了一页信纸，远不及她的来信长。

她在课堂上发过几次言，我记得她淳朴的面庞。如若遇到不怎么认识的学生给我写信，我就会有点困难。"如果我能知道你常常坐在教室的哪个位置，也许这封回信会更有方向。我总是希望自己给一个人写信时，能不时地浮现出他的面容，就好像跟他在面对面地聊天。"我上次在一封回信中如此写道。

有时为了认识他们的面孔，我会在回信中发出邀请："下周的课，我要离开教室时，你要不到讲台边上来，告诉我，你就是那个写信的姑娘，而后陪我走到教学楼下的广场上。如何？"可惜，那次课结束后，我在讲台上等了又等，写信的姑娘始终没来找我。我当晚收到了她的邮件："很抱歉下课后没有勇气走到您面前，但是我确实陪您走到了教学楼下的广场上。"原来，她那天在我身后一路跟随，一直送到广场上，就像电影中的画面一样。她的羞怯与深挚，让我心疼，如同心疼年少时那个同样的自己。

今天只够34位学生发言，而这个班总共有140多人，有些学生预备上台演讲的内容是关于我，在我干预后，只好将文字稿转给了我。我一一铺开看。

第一张：在彭老师的课堂上，我第一次意识到，原来教师也是"人"。我只是一个上课常常走神、往往坐在倒数位置，甚至偶尔会迟到的女同学，是彭老师教学生涯中最微乎其微的一个对象。彭老师也是我十几年学习生涯中遇到的众多教者之一，多年后我们或许都不记得对方的存在，可是在研究生一年级的星期一早晨，我进入了彭老师的课堂，在这里我第一次感受到了"教师"的情感，我的意识也发生了某种改变，我把这种改变称为"情感教学"的力量。（历史专业，刘梦）

第二张：当开始写这门课的期末论文时，我的心情是既开心又失落的。开心的是写完论文意味着这门课就结束了，期末需要上交的论文就少了一篇；但是，难过也是难以言表的，充满了太多的舍不得。舍不得敬爱的彭老师，其实我更愿意用明亮可爱这个词来形容老师，因为每次见到的彭老师总是那样的积极向上、充满正能量，就像清晨的阳光一样瞬间扫除了我身上阴霾，使我也充满希望地开启了新的一周；舍不得她那充满温情与舒适感的课堂，这种课堂舒适感我真的好久没有体会到了，像是久别重逢，又像是失而复得，极致幸运又弥足珍贵。（历史专业，范馨文）

第三张：我本科学的商务英语，凭着对教育和政治的一腔热爱，来到了思政专业。感谢您，告诉我这个选择是值得而正确的；感恩您，告诉我未来可以成为一名怎样的人民教师。开学拿到课表的时候，我看到和我妈妈有着一样姓的老师就觉得格外亲切与期待，果真啊，一切尽在不言中。谢谢您。我觉得对一位同性表达爱意和敬意的话不是"我喜欢你"，也不是"我爱你"，而是"我想如你一般！"（思政专

业,姚彭梦迪)

第四张:感谢彭老师,让我爱上我自己,让我觉得未来可期。您让我知道,只有先成为一个状态好的自己,完整、善良、优雅、愉悦,才能成为一个好的老师。(语文专业,郑苏皖)

第五张:彭老师是我见过的很独特的一个人,有系统的、个人的理性思考,也有蓬勃的感性与诗意,是一株盛开于深秋野地里淡雅的菊,并周身被芳香与橙黄月光所萦绕。我可以肯定,如果我未来的孩子或者学生能够在我的引导下茁壮成长,一定有部分人格得益于彭老师。(英语专业,张美玲)

……台灯下,一张又一张的纸片,如夜空中散落的星星,一颗又一颗。它们不仅彼此照耀,也照亮着我的前方。

那个撑渡的人,落了泪。

学生来信

我们集体热爱的彭老师:

您好,我是有两个孩子的那位妈妈学生。谢谢您,在今天最后的这次课上,给我机会站在讲台前。站在那里,我突然发现在公众面前讲话没那么可怕。还有一个意外收获,课后一位同学加我微信了,她的舅妈也是已经有两个孩子的妈妈,想继续深造,想跟我交流经验,挺开心的。发现生活里还是有很多任何时候都不放弃自我、勇于追求自我价值的女性,尽管可能比其他人晚了一些,但其实只要开始,就是最好的开始。

今天很多同学都表达了对您的喜爱，我也不例外。很幸运可以遇到您这样这么富有亲和力，同时对所有学生都抱有真诚和热爱的老师。我想我会一直记得您提到的关于阅读、思考和写作这三件非常重要的事情。是的，没错，听完那次课，我去买了日记本，虽然写了几次，就弃了，因为发现用手机里的备忘录可以更加实时实地地记录，我想我会坚持下去。我也会记得您的微笑——坚定而温柔。

彭老师，您让我想起了我在读专科时的英语老师，儒雅的蒋老师。有一次……在你和蒋老师的课上，我真切地感受了你们毫无保留的分享，感受到了对每一位学生毫无差别的关注，也接收到了你们对学生真实的关心。希望将来有一天，我也可以成为像你们一样的老师，在学生的记忆里留下一抹彩色。

马同学，2020级学科教学（历史）专业

附录一 告别的话——致全班的信

2020年秋冬学期的课结束后,我给本系师范生写了一封信。因最后一次课时间紧,没来得及说完告别的话。作为弥补,就有了这封信。

亲爱的女孩们、男孩们:

启信安。这周的课我们不用再来3104教室了,时间留给你们自主复习,期末考试很快到来。当你们在埋头复习时,我在写信。在大家本科四年的学习生活中,由我担任的这门课程结束了。

读到咱们班的一个女生发来的邮件:"我一如往常在7:40走进那间熟悉的教室,寂静的教室只有我一个人,此刻也没有你从门外悄然而至。没有温和的声音、甜美的微笑、深情的眼神对着台下那群稚气未脱的孩子们亲切地说道:'我亲爱的女孩们,男孩们,早上好。'偌大的教室,空荡荡的,只有外面疾驰而过的汽车声音,直逼得我泪水溢满眼眶,喉咙好似被什么堵住了似的。"我的眼泪亦悄然滑落。

我已步入教学生涯中的第11个年头了。按说我该已历练为不动声色、情绪稳定的大人了。但是,我做不到。因为,每一届学生都是如此不同。而这一届的你们,就是极不一样的烟火。你们的真诚洁净总是在感染着我。我想,我可以永远热泪盈眶。

我记得,那个叫尹苑的女孩忆及自己的小学语文老师时,说着说着就哭了。她的家乡在遥远的彩云之南,她的眸子清澈如那里的山山水水。

我记得,陈胜丽如一个脱口秀演员,说着说着就让大伙笑了。陆莹绮的身上则洋溢着理想主义的光辉,她是那么富有爱心,总会把教育关怀的目光投向弱势群体,从自闭症儿童到大山深处的孩子。陆旭梅看似文文弱弱,但她一开口,总令人觉着小身体里蕴藏着大能量。

我记得,吕媚额前的短发卷着好看的弧度,张佳丽带点银紫的发色,吴晓颖戴着的帅气帽子,穿着粉红衣裳的陈希乖如邻家小妹。还有,范华琴的眉眼跟一个韩剧中的女主角很像呢。

我记得钱映夷的委屈,从小到大的生日当天都有期末考试,不知今年是否有奇迹。我记得那个论证着"教育就是一个摆渡人"的贵州女孩杨香萍,那个"从小学到高中都少不了扫雪"的新疆女孩周孟妮,那个幽默地调侃家族故事的江苏男孩杨家豪。

我记得,高高大大的追风少年张谨韬和王启涛总坐在最后一排。刘江和章正的脸上总挂着灿烂的微笑。我记得,有个酷酷的男生说:"我来苏大一年半了,这是我第一次主动站起来发言⋯⋯"我忙着致谢:"谢谢你的赏脸",竟忘了他的名字。

我记得,何蕾喜欢一种叫陶笛的乐器,朱逸豪则痴迷纪录片，而盈盈子（钱盈）原来爱看日剧，樊慧娴爱古风文化，张佳丽和陆喆雯都爱养宠物。

我还记得，王琼、姜子妍、杨伊宁、魏坚、许悦、王云、朱佳佳……抱歉，无法一一道来。无一例外，你们都是举世无双的、宝藏般的好孩子，携着本自具足的光芒，来到我的课堂上。

借由这门课的缘分，你们陪伴着我，从初秋走到了仲冬。国庆过了，校庆过了，院庆过了，冬至过了。我每次课的开场白里，也都记录着季节的变迁。不仅要谢谢你们的陪伴，也要谢谢你们的包容。你们是知人心、懂人情的，也是具有极强审美力的一群人。虽然，我有殷切之心将我对这个专业的理解、自身生命体验与你们分享，并试图让课堂有更多情感的交融、思想的触发，或常能呈现课堂的某种美感，但是，因能力有限，达成度还远远不够。我会继续生长的。

咱们班那个留着长发、戴着眼镜的清秀女生来信说："匆匆来这世上走一遭，不知会遇到多少行人过客，您教过的学生数不胜数，而我只是这无数颗星星中渺小的一颗，但您如月亮一般，用您瘦小的身躯散发出全部的光亮，尽可能地照耀到星辰。"谢谢鼓励，我深知自己还需创造更多专属于每一颗星星的独家记忆。

末了，想起几周以前的大课间，来自大西北的男孩刘曙光说："这一年，整个世界都不太好。我只想早点放寒假，早点回家。"随后来自南方（福建）的女孩林昕也大加赞同："尽早放假吧。"不论来自天南，还是地北，你们都想早点回到家乡。寒假已在赶来的路上，用不着担心呢。先全力复习，认真对待每一场期末考试。你们都会平安顺遂地回到亲人的身边的。杜甫有句诗叫"冬至阳生春又来",过了冬至,白日渐长,天气回暖,春天又会回来。让我们一起守候春的讯息。

愿你们始终有单纯和热情的心,小时候做过的美梦都算数。

祝福你们今后的人生:顺意安康、四季雍容。

你们的彭老师
写于 2020 年 12 月 23 日

附录二　心信相印
——给老师的回信

全班会给我写回信,是我没有料到的。况且,他们正处于期末复习的忙碌时光里。这封信,他们还配了音乐。刚收到回信时,我在微信上回复:"快一心忙考试吧,课程门类那么多。让我一人,慢慢来读,一遍,又一遍……"

斯人若彩虹　遇上方知有

亲爱的彭老师:

见字如面。时光悄然,距上一次见到你已经过去好些日子了,2021年伊始,我们执笔写下这封从新年寄来的信。

兴许是因为你擅长描绘那阴晴雨雪、春秋冬夏吧,伴随这封回信到来的竟是一股多年不遇的寒潮。晚间,路旁昏黄的灯光看见初雪,看见它的晶莹与纯粹,灵动与温柔,一如自2020年9月7日起,在每周一的3104教室里,同一群女孩儿、男孩儿,于晨光熹微中遇见你的喜乐与忧伤、包容与感动。

那日收到你的来信,很惊喜,却不惊讶。惊喜于这是2019级教育学班共同收到的第一封信;惊喜于我们都在信中;惊喜于信的那一头不是别人,而是你。不惊讶的是,我们之间定要有一场别开生面的盛大告别,来为这场人生际遇画上圆满句号。

读着一个又一个"我记得……""我还记得……",迫不及待地寻找着自己的名字,寻找自己在你眼中的模样,寻找那一段段浸泡在时光酒酿里的记忆。

第一节课前的教室总有些清冷,遮光帘堪堪挡住了半数的晨光,但那令人赏心悦目的绿却从不缺席,从半敞的窗看出去,满眼都是生命的活力。有时候想,当窗外的它们偶尔探头往里看时,是否也会被讲台旁的你所惊艳,是否也不舍得你话语中那美好的春天,是否也会在放学铃声响起后久久流连。

记得你与我们讨论"教育惩戒"时,为我们讲述一个小学生被老师惩罚跪着听课并哭泣一节课不止,幼小的生命早早陨落的故事。无论提及几次,你的眼中总有泪花,总有斥责,总装满了沉重。

记得你带我们"云游"了一遭伦敦大学教育学院,以亲身经历和讲述为眼,让我们见证了年逾古稀的国外学者在图书馆奋笔疾书,看到了不为任何成果或称号却孜孜不倦的老者在安静的一隅潜心学术。

记得你说过,去爱一个干净整洁又有礼貌的孩子是一件很容易的事,但如果面对一个举止粗鲁且脏乱的孩子,教师又是否能同样地爱他们?教育所关切的正是后者。

记得你有一次向我们强调友谊的可贵,建议我们不要一直在自己舒适的小圈子里活动,可以尝试去坐教室的每一个位置,去认识更多的人。后来,大家常常变换座位,确也收获了不一样的体验。

记得你写下过无数文字,偶尔与我们分享其中一个段落,关于生命、关于教育、关于师爱,虽然尚未出版,但大家似乎很喜欢,也很期待。

> 在彭老师一次次的授课过程中,我的眼前好像迷雾散尽,梦想的彼岸渐渐浮现,道路的方向慢慢变得清晰,我开始对未来有了想象,好像寻找到了想要努力成为的大人模样。——王倩

> 我一直认为,我们所奔赴的不是一堂课,而是一场盛会。克莱儿·麦克福尔(Claire Mcfall)在她的《摆渡人》中这样写道:"当我们直面生存、死亡与爱,哪一个会是最终的选择?"我想生与死顺应着自然的规律,唯有爱是我们永不改变的生命底色。——陆莹绮

> 我喜欢彭老师的笑,小小的脸蛋上洋溢着青春,又带有慈爱。我也喜欢自己的笑,或许我以后读书读得多了,经历得多了,反倒没有了这样的笑声,又或许我可以一直这样笑,也挺好的。——陈胜丽

> 心向往之,生活成诗,我不是一个善于言辞的人,但我总想成为彭老师那样的人。彭老师的教学风格是独一无二的,而我也是独一无二的,未来我希望成为一名被学生喜爱的,给学生带来启发和美好的老师,如果实现了,那我的身上一定带着彭老师的一些影子。——陈希

"……能同途偶遇在这星球上，燃亮缥缈人生，我多么幸运，无人如你逗留我思潮上，从没再疑问，这个世界好得很……"，这是一次课间我们一起听过的一首歌，阳光洒进窗户，整个教室都格外温暖，我们倾听彼此的故事，偶尔捧腹大笑，偶尔偷偷抹泪，愿意与整个世界的美好撞个满怀。

感谢您一学期的陪伴，即使未来我们没有机会在课堂上相见，但我们依然有许多次偶然或不偶然的相遇，谁又能真正知道未来的样子呢？那就让我们一起期待吧。

愿您永远平安顺遂，与爱相伴，与福相随。

2019 级教育学班

2021 年 1 月 3 日

后 记

一

一学期下来，无病无灾，没有请过一次病假或事假，没有调过一次课，与他们每周都准点见了面。这就是实现了他人祝福中的"工作顺利"吧。

一学期下来，我们不知说了多少话。书中记录的很多话，是他们说给我听的，也是他们说给自己听的；有很多道理，是我讲给他们听的，也是我讲给自己听的。在最后一次课里，我跟他们说："我很幸运，自己能与一些伟大的人物在他们的青年时代就开始与他们交往。我并未有如渊似海的学问，谢谢你们有时听我絮叨，忍受我的无趣，接纳我某些时候的肤浅和无知。"

一学期下来，我们也就更多地了解了彼此。我感受到了这种信任。倘若我们有过多的戒备之心，就会吝啬分享自己的个人经历，因为不是所有的经历都是光荣的，有些经历是黑暗的、令人喘不过气、揪心的，因而是不体面的。将师生个体的经验带入课堂，我知道，这样的教学方式，在某些人眼里是注定要被诋毁的，因不够理论、不够专业、不够严谨。但本性让我无法胜任知识与个体的身心分离。在我看来,过于学术化的语言具有一种惰性,而在鲜活的对话中,我们可以更紧密地触碰到自己的内心、情感和身体。通过这样的表达方式,我们容易学到东西。所有的学科都应该帮助我们更好地认识自我。在最后一次课里,我跟他们说:"陶老曾说:千教万教教人求真,千学万学学做真人。教师首先要做'真人',而你们就是我已交付出'真我'的人。以后若再回母校,我请你喝一杯咖啡。就像老朋友相逢。"

我交付出了自我,让他们了解我。最重要的是,我了解了他们。教学之所以迷人,是因为你始终是在与人打交道,不是与教材,也不是与多媒体。他们如同一颗一颗的星星,都有着让你想一探究竟的"小宇宙"。我常想:教师是河边的撑渡人,也是一个在夜空放牧星星的人啊。

而我的改变,也源于对他们的了解。当一个学生说:"我经历了十几年应试教育后进入大学,本以为教育会有所不同,但没想到是另一个'坑'。我本以为门的背后是一片光明,殊不知仍是一扇门。"因为这样的看法,我便寻思着能否让他们感受到:大学的教育确实有所不同,或许你能找到一把开启灵魂之门的钥匙。

当一个学生说:"大学教育和我的想象有很大不同,我以为班级容量会更小,比起中学时为了成绩的那种师生沟通会不一样,应该会更注重思维的启发。没想到,大学有的课程更加离谱,一两百号人乌泱泱一大片地坐在阶梯教室里玩手机、睡觉,老师在上面念课件。师生之间,谁也没记住谁。反而中小学老师跟学生有朝夕相处,不至于沦为匆匆过客,他们的故事和教授的知识也不会很快变成过眼云烟。"因为这样的看法,我便寻思着让他们多少能记住点什么。我以教育家于漪的话警示自己："课不能只教在课堂上，只教在课堂上就会随声波的消逝而销声匿迹；课要教到学生身上，教到学生心中，萌芽、开花，成为他们良好素质的基因。"①

当一个叫孔玉的女生写下："在我的心里，大学是追求高深学问而又自由的、放飞理想的、追逐梦想的神圣殿堂。大学是友情成长的地方，我们来自五湖四海，却能躺在同一片草地上，眯着眼享受同一片蓝天；大学是梦想的摇篮，自主学习是主打旋律，早出晚归、上课、泡图书馆，时不时还能抬起头和那窗边慵懒的猫打个招呼；大学有着形形色色的社团和活动，有着你个人的专属舞台。在大学里，我享受着这来之不易的受教育的权利，感受着学校浓厚的历史底蕴和浓郁的人文气息，想着：我要怎么样才能实现自己的人生目标呢？"因为这样的看法，我希望陪同他们在庙宇中散步的自己，不至于破坏"神圣殿堂"这几个字。

足见，是他们在教我如何做老师。正是一年一年的渡客，把我引领到了这儿。他们才是我的指路人。

二

2020年秋冬学期结束后，第二年的春天里，我开始整理每周的教学随感，写作此书。写的过程中，伴随着学生们陆陆续续的来信，例如这封题为"老师春分快乐"的信：

"亲爱的彭老师：这学期没有你的课，很久没有看见你了，我们都非常想念你。"

---

① 于漪：《于漪格言》，《光明日报》2010年10月20日第10版。

过了几周，又收到一封题为"立夏快乐"的来信："亲爱的彭老师：晚上好呀！你最近还好吗？我今天突然非常想念你呢。

最近在学习和生活上都遇到一些烦恼，我下午非常焦虑和沮丧，觉得自己这几年在学习方法与待人心胸上依旧没有长进。我一个人在路灯昏黄的路上跑着，忽然就格外想念你。告诉你一件神奇的事，每次遇到困难时想到你，总会觉得心里有一盏皎白的灯，像花朵一样温暖地开在我心里，虽然没有与你说话，也没有见到你，但就是觉得收到许多抚慰与感动。

亲爱的彭老师，真是感谢你的存在，感谢你的温柔与美好。我常想，将来等我成为一名语文老师，如果我也能给学生带来如此多的感动与心灵支撑，那我的存在是多么有意义的事啊。"

去年秋冬上这门课时，我在讲台上向他们细数每个节气，从秋分、霜降到冬至；这个半年，虽未与他们见过面，但他们在信札里向我细数每个节气，从春分、立夏到夏至。他们陪伴着我上完了这门课，又陪伴着我写完了这本书。他们并不知道我在写作此书，而且，书里有他们。

"写一本书是一桩消耗精力的苦差事，就像生一场痛苦的大病一样。你如果不是由于那个无法抗拒或者无法明白的恶魔的驱使，你是绝不会从事这样的事的。"[①] 乔治·奥威尔在《我为什么要写作》一书中如是说。但是驱使我的不

---

① [英]奥威尔：《我为什么要写作》，董乐山译，上海译文出版社，2007年，第104页。

是"恶魔",而是"天使",是学生们传递给我的纯真情感。

有时,早晨起来,萎靡不振,不想再写下去了。打开邮箱,刚好收到一个正在为保研而奋斗的女生的邮件:"抱抱彭老师,最近有点疲惫,但是我好像从来没有怀疑过自己最终能够去一个适合自己的地方。一定会坚持到最后一刻。"我要向她学习,要坚定,不犹疑,直到将这本书写完。

三

有些书,我们一读完就经历了一个人的一生,例如前文提到的《斯通纳》。而当你读完我的这本书,只是同我一起经历了一个学期。只是这样的学期,我十年来都在经历。做了老师,时间的单位就换成了一个学年、一个学期,或期中、期末。

马克斯·范梅南写道:"教育学是迷恋他人成长的学问。"[1] 教学令人迷恋之处,不仅在过程,还在结果——他们的成长。在大学文科的教学中,不太容易获得成就感。在中小学里,你教一个知识点,他们都会了,你看到了教学效果。而在大学,这种教学效果很难立即判断。但我从一封一封的邮件里,看到了他们的成长,感受到了某种影响正在发生。如果你能感受到这种影响,就会更加敬畏和忠诚于教学。

我的服务主体是二十岁上下的大孩子,他们将是这个国

---

[1] [加拿大]范梅南:《教学机智:教育智慧的意蕴》,李树英译,教育科学出版社,2001年,第18页。

家未来的中坚力量。我无比地相信他们能够担当此任。

这些大孩子们,从幼儿园到大学,阅读教师无数。他们不仅仅是在听教师们轮番上阵讲解知识,也是在结识生命里一个又一个具有不同品行和脾性的成年人。既有知识的授受,又有人格的接触。

这些大孩子们,从幼年到青年,生命的大部分时间都在教室里度过,课堂的质量直接决定了他们的生命质量。从我校2019届毕业生的大数据来看,本科生平均上3 133节课。我不得不常常拷问自己:是否浪费了他们宝贵的青春时光?是否有助于他们生命品质的提升?他们自己付出了多少努力、忍受了多少煎熬、牺牲了多少眼前的快乐,又聚合了多少家长的情感、财力物力与多少中小学教师的精力与心血,才得以穿过一个又一个硝烟弥漫的考场,来到我的跟前,是否不虚此行?而我的光阴同样珍贵,是否对他们又多了解了一点点?我从他们身上学到了什么?

泰戈尔有首散文诗:"世界对你,就好似老奶奶摇动纺车时低声吟唱的小曲,无意义无目的,又充满随心所欲的想象。但是,有谁知道,也许就在这闷热倦人的正午,那个陌生人提着满篮奇特的货物,已经上路?他响亮地呼唤着路过你的门前时,你便会从依稀的梦中惊醒,将窗儿洞开,抛下面纱,走出房门,去迎接命运的安排。"[1] 我愿自己提着的篮子里也能有"奇特的货物",我的叫卖声始终响亮……

一个女生曾发来长段祝福:"愿不论教过多少届,你在

---

[1] [印度]泰戈尔:《爱者之贻》,石真译,新蕾出版社,2006年,第33页。

课堂上所传递出来的生命力,仍然丰沛、旺盛;也愿你白发如雪时,仍能白衣飘飘站讲台,一如我们当年所见。"我要把她的寄语当成毕生的职业追求。

我深知,离他们心目中那个理想的教师,还有很长的路要走。而离自己心目中那个满意的成年人,同样相距甚远。

想到余生还要与几千个大孩子相识,还有许多许多新知识要去学,很多很多话要说,好多好多字要写,此刻已遥觉到了那种充实。

择一事,终一生。我选择了教书,以度过在世间的这一生。那今生就与生共渡吧。

图书在版编目(CIP)数据

与生共渡：一个教师的十年 / 夕子著. -- 上海：上海社会科学院出版社, 2025. -- ISBN 978-7-5520-4562-8

I. G649.2

中国国家版本馆 CIP 数据核字第 2024ZC7125 号

与生共渡

著　　者：夕　子
责任编辑：叶　子
封面设计：杨晨安
出版发行：上海社会科学院出版社
　　　　　上海顺昌路 622 号　邮编 200025
　　　　　电话总机 021-63315947　销售热线 021-53063735
　　　　　https://cbs.sass.org.cn　E-mail：sassp@sassp.cn
排　　版：南京展望文化发展有限公司
印　　刷：上海盛通时代印刷有限公司
开　　本：787 毫米×1092 毫米　1/32
印　　张：7.25
插　　页：1
字　　数：162 千
版　　次：2025 年 1 月第 1 版　2025 年 1 月第 1 次印刷

ISBN 978-7-5520-4562-8/G·1363　　　　定价：52.00 元

版权所有　翻印必究